林良作品集 2

全新修訂版

和諧人生

林良

《和諧人生》新版序

《和諧人生》這本書的稿源，是國語日報「家庭」版的一個專欄「茶話」。我在一九六六年左右受邀為這個專欄寫稿，每週一篇。專欄的內容並沒有嚴格的規定，可以輕鬆談談家庭生活的情趣，也可以認真思考一些人生問題。有一段日子，思考到如何獲得幸福，每有心得，忍不住就會寫成單篇發表。我雖然沒有做過讀者意見調查，但是偶然也會聽到一聲兩聲的讚美和鼓勵，使我在心中逐漸凝聚成一股寫作的熱情。

這些思考「幸福」問題的稿子，獲得的一個有力的結論就是：我們每一個人都有幸福的可能，除非是受到不識趣的破壞。因此，如何和四周的人「和諧相處」，成為我們日子是否能過得幸福的必要條件。把這些思考幸福問題的稿子集結成書，就成了《和諧人生》這本書。

不久以前，我接到一封讀者問候的信。她說她從十六七歲讀到《和諧人生》

這本書就很喜歡，買了一本，常常拿出來細讀一兩篇，成為習慣。現在她快六十歲了，也當了祖母了，對這本書的喜愛沒有改變，仍然常常拿出來讀一讀，把它看成一本幫她追求幸福的書。一本書能這樣「長青」，而且成為讀者的珍藏，真是令人高興。

《和諧人生》是在一九七三年由純文學出版社出版。二十四年後，純文學出版社結束營業，改由麥田出版社出版，到現在也十七年了。四十一年是一段不算短的時間，世界有了很大的改變。這本書這樣飽經滄桑，會不會已經過時了呢？

幾年以前，有一位細心的讀者，在《和諧人生》這本書裡的一篇〈談「生氣」〉中，讀到我寫的一個句子：「坐公共汽車跟車掌嘔氣」。這位讀者認為，現在公共汽車已經沒有「車掌」，早就改為在司機身旁的刷票機上刷票。這本書會不會已經過時了呢？我認為閱讀思考人生問題的書並不是買時裝，何必費心考慮過時的問題。相反的，閱讀過程中遇到的一些無法避免的「過時」，反而更容易刺激讀者探索的興趣。

說到「過時」，很有趣的，麥田出版社也認為使用了十七年的書衣，也該改變改變，決定製作新封面，印製新版本了。

另一個改變，就是新版的《和諧人生》的作者署名，也改為「林良」，不再使用筆名「子敏」。作者一人多名，常為讀者帶來許多不必要的困擾。

為了紀念這些改變，特地寫下這幾句話，為這本高壽的書的新讀者、老讀者做一個報告，並感謝他們跟我的和諧相處和帶給我的幸福。

二〇一四年七月在臺北

好想法帶來好日子

——《和諧人生》第三個版本序

《和諧人生》是我的一本散文集。不同於一般散文集的，是這本散文集裡有許多許多小故事。不同於一般故事的，是這些故事都像朵朵的向日葵迎向同一個太陽：如何獲得一個和諧的人生。

我有心運用故事來寫這些有關人生幸福的論文，期待著讀者讀論文像讀故事。因為這個緣故，這本散文集就出現了「一番道理．一個故事」、「一個故事．一番道理」的有趣形式。儘管思索的是有關人生的嚴肅問題，我卻放棄了論文的架式，把它寫成輕鬆的散文。談論嚴肅的人生問題的文章，本該大量引用先聖先賢先哲的言語，但是這樣一來，我自己就變得一無所有。我寧可率直而且誠懇的只說出自己的想法，跟讀者互相交換。

這本散文集裡的文章，幾乎都是為《國語日報》「茶話」專欄的讀者而寫。

「茶話」專欄每週刊出一次，但是這些文章並不是每週必寫，而是有了感觸才寫。它的出現，可以形容為「斷斷續續」，「斷而又續」，「續而又斷」，雖然不是一篇緊跟著一篇，卻是永遠斬不斷。從執筆寫第一篇文章起，到集結所有文章編成一本書為止，前後經歷的時間也有五六年。

這些文章的寫作動機，來自我對我的同事所過的日子的觀察，以及同情。他們一個個都夠資格過健康、快樂而且必然會有成就的日子，但是他們好像都寧願選擇痛苦、憤怒、不平、爭吵，以及足夠毀掉自己一生幸福的妒忌。他們好像都不願意善用天賦的美質，卻幾乎是「同心同德」的共同努力營造一個充滿敵意的環境。

這就是我的「感觸」的由來，思索的動機，內心的祕密。

追求「和諧」要靠「包容」，但是「包容」是強者的哲學。「包容」放在弱者手上就成為「忍受」。弱者追求和諧，必須先使自己變成強者。強者都是向上成長投向陽光的，有自己的人生目標，有自己所追求的精神價值。然後他才能體會什麼是包容，成為一個既不傷害別人，也不那麼容易自覺受了傷害的人。個人與個人之間的戰爭應該終止，建立起人與人相互效力的新關係。這樣，「和諧人生」才有可能。這樣，一個欣欣向榮、充滿興旺氣象的大社會，就會出現。

《和諧人生》出版在一九七三年（民國六十二年），因為是一本真誠鼓勵人人向上的書，所以一開始就很有人緣。十二年後，也就是一九八五年（民國七十四年），因為原書的紙型已經老舊，所以全書重新排版，成為第二個版本，也就是這本書的第四十六「刷」本。又經歷了十二個年頭，也就是一九九七年（民國八十六年），原出版者純文學出版社結束營業，這本書就在「刷」數接近加倍的時候，由麥田出版公司「認養」，重新排版出書。這就是《和諧人生》的第三個版本。

「麥田」是一家富有朝氣、充滿生命力的出版公司，也是城邦出版集團的成員。他們不僅僅是有心出版好書，而且認為「把好書交到好讀者手裡」是出版家應有的責任。能有這樣一位「善待一本書」的好保母，是《和諧人生》的福氣。

一九九七年三月在臺北

不「嚴肅」的論文

——《和諧人生》的序

我們都是人類生命長流裡的「金枝玉葉」。我們活著。我們思想。「生存」是人類「當然的權利」，「思想」也是。

羅丹的〈沉思者〉雕像是一座「會思想的高貴動物」的雕像，是整個人類的縮影。那座充滿意義的雕像最能使我動心，但是也最能使我傷心。

使我動心的是那「會思想的動物」思索時候的高貴神態。他那樣認真，思索的是什麼？「萬物的起源」？「人類的誕生」？「生命的意義」？「死亡的幽祕」？「上帝的存在」？——不管他思索的是什麼，不管他的思索有了些什麼收穫，他那認真行使人類「權利」的高貴神態，真是尊嚴像帝王，純真像嬰孩！

使我傷心的是，這座「會思想的動物」的雕像常常會提醒我，使我猛然想起「現代人」早已經不是這樣子的了。如果我也有一雙像羅丹那樣「充滿了思想的手」，我會為「現代人」另外塑造一座雕像。

這雕像是兩個男人。他們都是疲倦，不快樂，焦急的狂追一輛無形的公共汽車，跑得很難看。他們都是一手按著疼痛的胃，另外一隻手向前直伸，帶著「不要拋棄我」的哀求意味。這兩個男人向相反的方向狂奔，擦肩而過，可是誰也沒有心情去關心誰。

探索「宇宙的極限」，探索「生命的起源」，探索「人生的意義」，都是最有趣味的探索。但是要進行這種純真莊嚴的探索，人類必須先能獲得起碼的「寧靜」跟「優閒」。我們可以肯定的說，那兩個「狂追公共汽車」的男人，跟這種探索完全「無緣」。

那兩個「狂追公共汽車」的男人，耳邊響著機器的噪音，心中裝滿了周圍的人給他帶來的煩惱。他雖然疲倦，但是不得不「狂奔」。他渴望幸福，卻又暴躁而不耐煩。他「跟時間賽跑」，速度越來越高。他帶著「煩惱」狂奔，像一個「衣服著了火的人」。

現代人如果想再恢復羅丹塑造的〈沉思者〉的尊貴地位，就應該從頭學習，重新選擇「該努力的」跟「該捨棄的」，認真追求新的「和諧」。

這「和諧」，不只是人跟宇宙的和諧，不只是人跟機器的和諧，同時也應該是

「人跟人的和諧」。

這「和諧」是人類的新宗教。尤其是「人跟人的和諧」，必定會給人類帶來從來沒出現過的幸福心境，成為人類新文化的基調。那時候，我們會用一個全新的標準來衡量「進步」跟「落後」，「文明」跟「原始」。

我深信使人類不快樂的是「人」。一個不快樂的人的「不快樂」，是他自己，以及他周圍那一群對「和諧」的觀念一無所知的人造成的。一個有「壞鄰居」的人永遠不會快樂。但是一個有「好鄰居」的人也可能不會快樂，如果他自己恰好是別人的「壞鄰居」的話。

「人跟人的和諧」是一切「和諧」的基礎。甚至是「內心的和諧」的基礎。

有了「人跟人的和諧」，我們內心的和諧才能夠不遭受破壞，我們才能夠有好心情去探索「人跟機器的和諧」，我們才能夠有寧靜的心境去體會「人跟宇宙的和諧」，去做一個純真莊嚴的「沉思者」。

「和諧人生」是我思想的主題。

我日日夜夜所思所想的，一直環繞著一群很有趣的題目：人應該怎麼樣才能夠避免「互相使對方不快樂」？人應該怎麼樣才能夠使別人「不可能使我不快樂」？人應該怎麼樣才能夠避免自己成為「使別人不快樂的人」？我在日常生活瑣事上探求「和諧人生」的原則。我接受東方智慧的指引，我也接受西方智慧的指引。

我有時候從事實出發，不知不覺的進入抽象，玩起「概念的積木」。

我有時候從概念出發，不知不覺的進入事實，回憶起悠悠的往事。

我的思想的記錄，就是這本書裡的幾篇短文章。

這些「論文」都不是很「嚴肅」的，每一篇都「毫無遺憾」的充分享受了「散文」的自在，「散文」的自由。我很喜歡我自己的這些「不嚴肅的論文」。

我是一個習慣運用現代語言來思想的人，所以我的「思想的記錄」不必經過什麼「翻譯的過程」。我的「思想」在紙上，在嘴上，在腦子裡，完全是「同一個版本」。在我把這本書獻給讀者之前，我用不著擔心我的「白話」不「白」。我所擔心的是，用白話來記錄我的「會拐彎兒的思想」的時候，我就沒辦法使我的白話「不拐彎兒」；那麼，這種「偏偏沒法子拉直」的「拐彎兒」，對我是一種「樂趣」，對讀者是不是「也是」？

書名《和諧人生》有兩個來歷。第一，它是全書最後一篇的篇名，不但說明了這本書的真正性質，並且也幾乎就是這本書的「結論」。第二，我在寫「這本書裡的文章」的時候，心中所充滿的，恰好就是這追求「和諧人生」的熱誠。

我深夜在書房讀書寫作，常常把從空中飛過的夜航機上那位「我不認識的長征人」看成我的朋友，在心裡悄悄問候他，希望他在「出完任務」以後把我的祝福帶回他溫暖的家。我也把這樣的祝福獻給我的讀者，獻給我不認識的朋友。

目次

卷二 塑造「自己」

卷三 忍耐的科學

卷四 快樂的人

第二步

卷一

今天和明天

談「活著」

亞當和亞當太太從「被創造」的那天起，就把「活著」當作一種當然的權利。歷史就是人類享用這種權利的「部分記錄」。人類所以對歷史發生興趣，就是因為人類對於怎樣享用這種權利的事情非常關心。

夏娃女士和她的先生，都受過懷疑主義思想者「蛇先生」的誘惑，趁上帝不在家的時候偷嘗過智慧果。因此，人類在知識上都是有野心的。這種「知識的野心」裡最明顯的一樣，就是很貪心的想解決「一切的起源」的問題。可惜人類大腦的構造，似乎並不適合解決這類問題。關於這一點，我們只要從科學家所運用的詞彙，跟《聖經》裡的詞彙作一個比較，就很容易明白了。

《聖經》說：在最初的時候，神創造天地。又說：神說，要「有」光，就「有」了光。

科學家說：「在最初的時候」，「有」一團溫度很高的氣體……。

「在最初的時候」，是《聖經．創世紀》裡的第一句話。「有」，是一個「態度很不科學」的動詞。

「在最初的時候」到底是什麼時候？而且那個時候的宇宙，不管你把它形容得怎麼原始、荒涼，它也不應該是「本來就存在」的，如果你真要打破沙鍋問（璺）到底的話。

科學對人類最大的貢獻之一，就是它使人類轉移目標去研究枝枝節節的問題，再把那些枝枝節節的知識組織成新東西；那是一種很大的樂趣。『只過問原子是怎麼活動，而且設法加以控制和運用；可是不必去管原子是怎麼「有」的。』這就是我們現代的科學的態度。

想到這一點，我們就會對人類產生一種很大的同情心。我們彼此「同是天涯淪落人」，我們在知識的某一方面都有一道沒法兒超越的圍牆。上智和下愚，天才和白癡，在圍牆的這一邊乾瞪眼的情形完全一樣。知識上的大巫和小巫，都是「巫」罷了。這一點認識，無疑的也影響到了我們的倫理觀念：人跟人的關係應該是和睦的，互助的，同情的；對群體要過得去，但是對個體也要過得去的。

所謂「活著」的問題，現代人的心目中，還是指的「圍牆裡邊的問題」，「家裡的問題」。至於解決圍牆外邊的問題，現代人和古人一樣的高明不了多少。我們應該有一種坦白的態度，承認圍牆那邊的事情「不大懂」。人類本來就是「總有些事情不懂」的動物。不懂是不懂，但是人類並不因為不懂而不活。知識上的某種「飢渴」，跟「人生的智慧」是兩回事。我們可能帶著某種遺憾活著，但是我們不可能「死著」去探索真理，追求知識。悲觀者和樂觀者的人生觀，在最基本最基本的地方，都含有對「生」的肯定。最悲觀最悲觀的悲觀者，也知道由「對生的否定」去探索「生的意義」是一種滑稽的思想。

哲學家可能研究「死」，但是沒有一個哲學家提倡「全體死亡論」。認為「人類已經沒有希望」的思想者，只是提出一種恫嚇，擺出一種挑戰態度，骨子裡未嘗不含有「但望這種恫嚇，這種挑戰，能產生一點效果」的意思。他們有的終身不改這種態度，那只是因為他們覺得要「救」這麼一大群人類，一代的恫嚇和挑戰是不夠的，必須還有繼承者來從事第二代，第三代的恫嚇和挑戰。如果他們先就透露出「軟心腸」，那就前功盡棄了。人類歷史上每一個「麻煩時代」，都會有這種「披著恫嚇虎皮」的先知，或者「披著挑戰的刺蝟皮」的先知出現，使人覺得「莫名其妙」。麻煩的時代出瘋子，就是這個道理。其實，他們只是一群「太懂得心理學」或者「根本不懂得心理學」的思想者罷了。

上帝創造亞當跟亞當太太的時候，世界上先就「有」了太陽，「有」了植物。亞當初次睜開眼，就看到金色的太陽和綠油油的植物。他的心裡一定充滿著「生之喜悅」，覺得這個世界真好！那一點心情，一直到現代，還是人類心靈中的一點金光。

「活著」是人類的當然的權利。這是一種「很不講理」的想法。但是我們有這種「不講理」的權利，因為我們是人類。我們是「本來就有」的「存在」之一。儘管我們「甚至」是由單細胞生物進化來的，單細胞生物也是本來就「有」的。單細胞生物是由氣體中某種「物」來，「物」甚至是由某種「能」來，但是某種「能」也是本來就「有」的。我們接受了「本來就有」論。

我們常問：為什麼活著？現代的哲學家要問：人活著有什麼精神上的價值？

這些問題的答案都很簡單。

『為什麼活著？』我們看看英國哲學家羅素的答案。他童年也曾經覺得人生沉悶，但是後來卻因為想多學一點高深數學，並且多看看這個熱熱鬧鬧的世界，所以就「很出色的活下來」了。在大宇宙中，地球很小。可是跟人的軀體相比，地球夠大。在這麼大的世界，每個人都很容易找到「值得活下去」的理由。不要怕俗氣，想多賺點兒錢也是不壞的理由，因為這種對人生的態度至少是積極的。

『人活著有什麼精神上的價值？』『人生有什麼意義？』這是「專業」哲學家的事情。一位母親半夜三更跟睡魔掙扎，硬爬起來給嬰兒沖牛奶的時候，她的心裡並沒有想到什麼精神上的價值，也沒有想到人生的意義。但是她的「快樂的痛苦」的活動，既真，又善，又美，應該可以滿足傳統哲學家的價值評判的標準。一件小事是這樣，一生也是這樣。

現代人所追求的是一種和諧，一種群體和個體的和諧，宇宙和人生的和諧，機器和人性的和諧。尋找這種和諧，應該是哲學家的使命，但是我們大家也可以幫著找。這是科學和工業給人類帶來的「人生問題」，大家遲早都會遭遇到的。

人跟世界沒法子互相隔離。人心跟人心也沒法子互相隔離。也許現代人都覺得「被了解」和「得安慰」是越來越難，但是又不得不承認「受刺激」和「被誤解」是越來越容易。所謂「孤獨感」，並不是指「接觸少」。

我們也許發現世界不諧和，但是「要求這個世界合理」的那種態度，卻就是對人生肯定的意思。一個人在問「人活著有什麼意思」的時候，他是在問「人應該怎樣活得更有意思」。一直追求一個「更」字，活著的意思就更大了。

談「死」

一個人如果對死亡懷著憂慮，他就不可能獲得真正的快樂。

「生」是我們「人生巴士」的起站，「死」是它的終站。在大城市裡搭巴士遊覽的人都有這種經驗：上車的時候興奮熱烈，街景還沒看夠，忽然聽到車掌小姐喊一聲：『終站到了！』大家突然醒悟，毫不留戀的紛紛下車。這就是「它」。

這個例子還不是最生動的，因為它並沒有提到下車人的感覺和心情。不過，我覺得我有資格加以精確的說明，真正的死的感覺是「完全沒有感覺」，因為上帝所創造的這部了不起的肉體機器，那時候突然斷了電源，根本製造不出任何感覺來。

小孩子誕生的時候，肩膀上連一絲責任也沒有。後來他的歲數像堆積木那樣越堆越高，他的責任也像滾雪球那樣越滾越重。忽然上帝在雲端出現，含笑招手說：「辛苦辛苦。到了。東西都放下來吧。好好兒歇一歇。」這種天外飛來的大輕鬆，滋味是不是很好？是不是很像一個熬夜寫稿人，好容易把字數湊夠，毫無牽掛，飛身投入彈簧床一樣的寫意？

在我九歲的那年，有一天晚上，跟表弟在外祖母的床上演舞臺劇。屋子裡除了兩個男孩子以外，並沒有第三人。外祖母時代的床本來就是舞臺型的，四根柱子，三面欄杆，掛上蚊帳以後，「天生」的就是一個有帷幕的演兒童劇的舞臺。我跟表弟都是在有鬼的世界裡長大的，那時候我們都很固執的相信這個世界有很多鬼。我們當時匆促編成的劇本就是一個鬼劇。劇本的情節簡明得很：鬼追人。

表弟演人。我用外祖母的棉被，從頭到腳，把自己裹了起來，演鬼。人逃，鬼追。我在被窩裡什麼都看不見，一腳踩到床外去，頭朝下，撞在鋪大紅磚的地上。

下面我要說說我當時的「感覺」。

我當時「覺得」很疼，就像我平日摔跤那樣的疼。我「認為」既然那麼疼，就應該往裡吸一口氣才好。可是奇怪，我沒力氣吸。我剛「想」到沒力氣吸怎麼辦？答案馬上就來了。類似一種「大豁免」，身上的一切感官突然「停電」。根本不需要思索任何答案，突然一切都「過去」了。

那是一種完完全全的「沒有」。沒有感覺，沒有心情，沒有思想，沒有觀念，沒有一片黑，沒有一片亮。這真是一種純粹的「忘我」，「無我」。我要特別聲明的是，當時並不像一般人所想像的一樣，當時心中並沒有一種意識說：『我現在已經忘我了！我現在已經無我了！』並沒有這些東西。我應該怎麼形容才能使人明白呢？還是用活人的經驗來描寫吧。我說那是一種「無夢的睡眠」，一種不知道自己在睡覺的「睡覺」。那是一種「消失」，徹底的，完全的「消失」，自己完全管不了自己的「消失」，而且是連「我現在自己也管不了自己了」的意識都不存在的那種「消失」，徹頭徹尾的「不存在」。

在這個世界上，人人有一種好笑的誤解，那就是心中總懷著一個「活人氣息」很濃的疑問：「一個人死了以後是不是還活著？」這真是「以活人之心，度死人之腹」。

事實是：一個人活著就不是死，死了就不能活。而且一個人的死，最先死的是「意識」。「意識」一消失，天下太平。心臟多跳兩下，已經是屬於「物理學」範圍的事了。莎士比亞筆下的丹麥王子哈姆雷特，因為出生在古代，所以一心以為人死了會做噩夢。這完全是活人的想像。

賈寶玉說過的，人死了化成灰。這比較接近事實，所差的一點是，當時甚至連「我現在化成灰了」的意識也是不存在的。

在我九歲那年，我已經「不存在」的時候，在我表弟的「活人的觀念」裡，我還是「存在」在外祖母的被窩裡。他身手矯捷，活潑健康，很快的去把我父親找了來，說：『表哥死了！』其實在當時，我的「心理學」的部分雖然已經死了，可是我的「物理學」的部分還有救。這是上帝的安排。上帝總是讓人的「物理學」部分多留幾分鐘，好給人間的「愛」留個地步。所以說，生命的真諦就是「愛」。這是活人所不應該忘記的。

在生命中尋覓愛，生命就有愛。在生命中尋覓恨，生命就有恨。在死亡面前，一切眾生皆平等。因為死亡只不過是一種「消失」，本身不具備任何意義。問題全在我們是不是能善用上帝所賜的智慧，很美滿充沛的活在愛中；還是自找罪受，很痛苦的活在恨中。這應該是一種活人的哲學。一切的意義，只在「生命」中存在。「生命」只在「愛」中存在。

在心理學的世界裡，如果真有腐蝕人心的魔鬼存在，那就是一個很陰森的字：恨！

這個道理，在一個人活著的時候就可以證驗。在任何時候，任何地點，任何情況，任何條件之下，下面這個真理恆真：愛人者，人恆愛之；恨人者，人恆恨之。人類有權選擇「仇恨」，就像人類有的寧願選擇「愚昧」一樣。

我認為我那次由「消失」回到「不消失」，純粹是「父子之愛」救了我。雖然死亡本身並不含有「痛苦」或「不痛苦」的意義，但是我覺得能重回人間是一種很大的快樂。

在我的心臟恢復了「可愛的節拍」，在我的肺恢復了有趣的「鼓風器的動作」的時候，雖然是在夜裡，我覺得電燈輝煌像太陽，母親寬心的笑使我全身溫暖。我伸手去摸父親下巴頦兒會扎手的鬍子，「覺得」那種「感覺」簡直就代表幸福。

第二天，等我完全恢復理性的時候，父親問我：『死怎麼樣？可怕不可怕？』這方面我已經成了「長輩」了。

我說：『一下子，什麼都沒有了。』

『那時候，想不想爸爸媽媽？』

『根本來不及。』

『總有一點感覺啊？』

『沒有。活過來以後才有。活過來我很高興，高興得要命！』

父子擁抱大笑。

再談「它」一次

偶然寫了一篇〈談「死」〉，那是一個趣味性很濃的題目，忍不住還想談它一次，主要的目的，是想描寫我的「第二次死」。我不好說那是珍貴的「人生」經驗，至少我可以說那是地地道道的「人死」經驗。確確實實的，我是曾經兩次「離開」了人間。

我的「人死觀」是這樣：死亡只是一片空白，一無所有。死亡裡並沒有任何「觀」，因為死亡是「無意識」的。甚至我還要進一步說，死亡自身，毫無意義。一個人的價值，存在於「他怎麼活著」。活得出色，就是出色；活得不出色，就是不出色。死亡管不了「生命」的事。一個人活著，也用不著理會死亡。它們根本是兩回事，本質上是互相否定的。

西洋文學裡有骨瘦如柴穿著黑袍的死神，中國民間文學裡有牛頭馬面伺候著的閻王爺，這都是活人的「精神生活」的一部分。真正的死亡，把死神跟閻王爺都打消了；因為死是「無意象」的。無常鬼會捉人，可是真正的死亡把無常鬼這種活人觀念裡的東西也都粉碎了。如果你弄清了死亡的真正性質，你就知道連死神跟閻王爺，也都是泥菩薩過江，自身難保。這就是十七世紀英國詩人「約翰．丹」的那一句話：『死亡，你也會死。』

死亡不會給人帶來任何好處，也不會給人帶來任何損失。人間的盤算，對死亡產生不了任何意義，因為死亡本身是否定「意義」的。我們人類的許多關於死亡的知識，只不過是死亡對活人所呈現的現象的整理分析，那是屬於活人的。死亡本身，根本否定了知識。

談到這裡，許多人一定很失望——對死亡的失望。其實這有什麼關係？對死亡失望不是更好嗎？最要緊的是，我們不要對人生失望。一個人越是研究死亡，他對人生的態度就會越加積極。因為人生的一切活動，都有一個由自身所決定了的最高目的，那就是「尋覓意義」。死亡既然那樣叫人失望，我們只有把方向轉向人生。

懦夫精神上有「依賴死亡」來解決問題的傾向，現在既然弄清楚了死亡是那樣的「不負責任」，總該大徹大悟，對人生改採一種更積極的態度了吧？

真正的強者都不屑以「死亡」作避難所，因為那虛幻的避難所只是為懦夫準備的。

真正的智者都不畏懼「死亡」，因為對「死亡」的畏懼，只是愚人才會有的想法。

蘇格拉底在離開人間的前一刻，柏拉圖生病不能去陪他，在他身邊的是幾個故人。他跟大家平靜談心，不沾染一絲愚人瞎猜的死亡的恐怖，因為死亡本身不具有「恐怖」或「不恐怖」的意義。他在人間的最後一句話是對故人克利陀說的：『克利陀，我向醫藥神許過願，要供奉他一隻公雞。你能幫我這個忙嗎？』

克利陀說：『一定替您償願。』

然後，一切寂靜，一切「不存在」，他消失了。他再不管人間事，只留典範在人間。

在我十四歲的時候，有一顆牙蛀了，父親帶我到牙科醫師那裡去治療。醫師建議，車去壞的部分，鑲上金子，可以保全可憐的半顆牙。父親認為有理，我也同意了。牙科醫師踩動機關，一陣嗡嗡嗡的聲音，他舉起了人人討厭的鑽孔機，輕輕在牙上試了一下。真疼！

『不行！』我說。

『打一點麻藥針好了。』醫師說。

我想醫師大概還有別的工作要趕，例如跟人約好幾點幾分一定要把一副假牙做好之類。他打了針，才剛過幾秒鐘，他就說行了，又舉起鑽孔機，試了一試。還是疼。

父親說：『一個男人應該學習忍受肉體的痛苦。你小時候在院子裡學跳遠，一腳踩進破木箱裡，一根鐵釘穿透腳背，你不是也不哭嗎？』

『可是那時候是狠狠踩下去，根本不疼。』

『你再試試這種疼法，學一學，好不好？反正有我在你身邊。』

『好。』我說。我父親所以疼我，就在這種地方。

嗡嗡嗡的聲音又響起來了。鑽孔機伸進我的嘴裡。嗡嗡嗡嗡。我的腦門上有汗豆子，不能咬牙，只好握拳。我像生活在外科技術不進步的時代裡的古人，很情願的付出治療的代價。

起頭是痛入骨髓。我告訴我自己：『就是這東西，忍！』後來痛入骨髓逐漸演化成「司空見慣」，後來根本就不疼，後來是出現了「大輕鬆」，嘴裡有嚥下「黃連茶」以後的甜味。再「後來」就什麼也沒有，什麼也不是，什麼都不存在了。

問我那時候是什麼心境，我只能告訴你那時候是「無心境」。因為死不是活，活不是死。活人描寫死是吃力不討好的，勉勉強強的說：死就是「沒有」。

我活過來的時候，鼻子裡聞到各種藥味。醫師臉色蒼白，我忽然領悟到一個真理：恐懼是活人的專利品。

事實上一個人活著，應該步步懷著生機，處處懷著生機，時時懷著生機，不要放棄正當的努力，能多做一點有益社會的事，能多做一點有意義的事，儘管放心放手去做，不必有任何懷疑。一切為「活著」著想，活得心安，活得興趣濃厚，就對了。不必為死亡恐懼。死亡本身，否定了恐懼，也不配我們去恐懼。為它恐懼，只是成心讓自己「活不好」罷了。我們寧可恐懼摔跤，恐懼會寫錯字，恐懼趕不上火車，恐懼罵錯孩子，恐懼投資錯誤。為人間辛苦，為人間忙，絕對沒有錯。因為：死亡是一個沒有問題的問題，不值得我們考慮的問題。我們不能浪費時間——屬於「生命」的珍貴的時間。

人類最大的愚蠢，是彼此互相驚擾，製造死亡的恐怖。死幫不上活的忙，活幫不上死的忙。對活人來說，死跟我們一點兒關係也沒有。又何必多管閒事？想它幹麼？

從心理學的角度來看，一個健康的人如果不求真知，胡思亂想，日夜像寫小說那樣一層一層的描繪「猙獰的死」的臉譜，就會弄到神經衰弱，就會在人人都「來不及想」的時刻，他偏偏內容豐富的做起人間的「最後一場噩夢」來，那就太不合算，太不衛生了。

由於對於死的真正性質的探討，生的無窮意味油然而生。

人要活得健康，就必須不憂慮「死亡」。

談「缺陷」

月亮所以能被蘇軾叫做美麗的「玉盤」，實在是因為蘇軾是在將近二十四萬英里外的地方去看它。如果蘇軾是太空人阿姆斯壯，或者阿姆斯壯是會用文言文寫詩的蘇軾，那麼，無論哪一個，都不可能把他腳下所踩的那一片醜陋的「月亮裡的土地」叫做「玉盤」。那一片坑坑窪窪的「土地」，無論從哪一個角度去觀察，都不可能像那「有脂肪光澤，略透明」的玉呀！

我是一個愛看月亮的人，並不因為有阿姆斯壯帶來的消息就嫌棄月亮。我覺得月亮美，無論掛在什麼地方都美：榕樹梢，屋頂上黑貓的背後，窗外簷下，或者塔尖。我享受月亮的美，其實也就是享受二十四萬英里的「距離」的美。我們也應該用這個距離來看人生。

我應該解釋什麼叫「二十四萬英里的距離」。那個「距離」，就是只看得見柔和的光輝，只看得見脂肪光澤，全然看不見「坑坑窪窪」的「距離」。懂得選取這樣的距離，那麼，你就能看出來月亮雖然也有醜陋的「坑坑窪窪」的一面，但是它也有晶瑩皎潔的一面；坑坑窪窪是真的，晶瑩皎潔也是真的。我們沒有理由拿那個真來「否定」這個真。

我想最值得我們尋味的是：如果你跟月亮挨得太近，你就會發現美麗的月亮也是醜陋的。這完全是事實。把這個道理引申引申，那就是：如果你用「吹毛求疵」的顯微鏡來看人生，你也會覺得美麗的人生是充滿缺陷的。這也完全是事實。

「人生充滿缺陷」是真的，但是那個真並不能掩蓋「人生是美麗的」這個真。月亮的「坑坑窪窪」固然是真的，但是那個真並不能掩蓋「月亮是晶瑩皎潔的」這個真。我們應該用一種明智的態度去看「缺陷」。

我並不想強調「沒有缺陷，就顯不出美滿的美滿」，或者「缺陷本身就有一種美」，或者「缺陷乃是幸福人生所必需的」那種老生常談。我要強調的是「人生有點兒缺陷是無所謂的」這種豁達的氣度。我們用不著替缺陷「打扮」。缺陷就是缺陷，不過缺陷算不了什麼。

我希望我有一種能力，能替一個自己覺得人生的一切幸福已經完全具備的人，指出種種的缺陷來；等到他覺得自己的一生「充滿缺陷」，灰心得不得了的時候，我再一樣一樣列舉他所獲得的，近乎「十全十美」的幸福，使他興奮得不得了。我的意思是：不要否認缺陷的存在，但是缺陷並不能影響人生的幸福。

杜甫寫詩，工力深厚；但是不要以為杜甫的一千多首詩中，句句都是佳句。這是不可能的。杜甫所寫的，也有「平凡之句」。可是，不要因為杜甫的詩裡也有平凡之句，就以為杜甫的詩不是工力深厚的。

世界上沒有一個人，能使自己的名字等於「英雄」。世界上沒有一個人能走上權力的頂峰，按自己的意思「派任國王」，真正的成為「眾王之王」。不過，事實上真有一個人辦到了——拿破崙！

照我們的推理，拿破崙應該是最「男性」的男性，體格健美，堂堂七尺，虎背熊腰，像個正選第一名的「世界先生」。這個被讚美為「軍事上的天才」的英雄，應該是「不但大腦發達，四肢也發達」。

事實上，他的「髮型」雖然有希特勒加以模仿，並不莊嚴，也沒威儀。他的相貌，不能跟身長八尺，面如冠玉，唇若塗脂的劉備相比；也不能跟身長也是八尺，豹頭環眼，燕頷虎鬚的張飛相比；更不能跟身長九尺，丹鳳眼，臥蠶眉的高個子關羽相比。

拿破崙相貌平凡，身材矮小，不像「將」，不像「相」，更不像「帝王」，青年時代人家給他起名叫「小下士」或「矮下士」。

也許他打仗太專心，既然經常忘了吃飯，當然也可能經常忘了洗澡，所以他身上長癬像曾國藩。

對一個大英雄來說，這不僅僅是「美中不足」，簡直是嚴重的缺陷。說不定拿破崙很介意這一點，所以為了「出人頭地」，經常騎著高頭大馬。

又矮，又「貌不驚人」，又長癬，這樣的人活著還有什麼意思呢？可是你應該看看他那超人的氣概：下判斷像閃電，用兵像天神，全身是勇氣，一身是膽，哪一點不是大英雄的本色！

林肯的情形正跟拿破崙相反。他長得太高了，臉太瘦，所穿的褲子永遠太短。這樣一個「竹竿人」，實在談不上什麼「相貌堂堂」。

不只是相貌，在「教育」上他也是有缺陷的。他不但沒有學位，甚至根本不能算是「受過教育」。我們那句流行的罵人的話：『沒受過教育！』如果是指林肯，恰巧非常合適。但是這個缺陷根本不影響林肯的偉大。這個只上過幾個月學校的偉人，領導美國度過內戰的苦難，發表過世界上最短、最精采的演說，是人類人道精神的象徵，也是美國民主精神的象徵。集中世界各國作家為他所寫的傳記，足夠成立一個像樣的圖書館。

那樣偉大的一個人，一身有那麼多的缺陷。這個缺陷那麼多的人，竟然那麼偉大。

大家很容易想像寫「天長地久有時盡，此恨綿綿無絕期」的白居易，一定是一個瀟灑美貌的才子，一定是「面若中秋之月」，一頭頭髮「黑亮如漆」，眼睛也一定像秋波，「轉盼多情」。可是這個「睡得很少」的「苦讀人」，給人的印象，根據他自己的形容，卻是又乾又瘦，頭上白髮很多，掉了許多牙，而且「近視得很厲害」。

我並不是想學荀子寫〈非相〉篇。相貌的缺陷只是人生的缺陷的一種。人生的其他缺陷還多得很。

一個人可能一生找不到配偶。找到配偶可能不生育。「生育」了可能專生女的或專生男的。一男一女一枝花的，可能很孝順，但是不怎麼有出息；也可能很有出息，但是並不孝順……。不管怎麼樣，這些缺陷都不妨礙一個人的真正成就，都不妨礙一個人成為偉人。我真正想說的是，這些缺陷甚至不妨礙一個人的幸福，如果他知道什麼是真正的幸福的話。

有一個盲作家說，他一向認為人間什麼缺陷都可以忍受，只有眼睛瞎了是無法忍受的；可是後來眼睛真瞎了，他才發現那也是可以忍受的，而且照樣可以追求幸福。

一個五福齊全的人並不可能享受真正的「優越」，因為他必定還得忍受失去了

「不被妒羨的自由」的那種缺陷，他必定還得忍受「真正的朋友並不很多」的那種缺陷。

我的真正意思是「沒有人沒有缺陷」，所以不必介意缺陷。一個「晶瑩皎潔」的人生，同時也是「坑坑窪窪」的人生。人人應該這樣想：『對人生不必太貪心。十全十美是不可能的。儘管「十不全」，能夠有「一美」，也就值得感激了。』如果真能這樣想，他就很可能發現真正的人生實際上還不只「一美」！

談「達觀」

「達觀」指的是一個人對失敗、挫折和缺陷所持的健全態度，不是指的對失敗、挫折和缺陷的逃避。

逃避「失敗」的最佳方法是放棄努力，逃避「挫折」的最佳方法是放棄嘗試，逃避「缺陷」的最佳方法是放棄理想。一個人放棄了努力、嘗試和理想，就只剩下軀殼。軀殼還需要研究達觀不達觀的問題嗎？

一個人遭遇到失敗，最想做的頭一件事是放聲大哭。這是很正常的。但是哭過以後，心裡舒服一點以後，有了一個什麼樣的想法，關係卻非常重大。

如果他是：『我真傻。何必呢？現在我總算悟了！』然後就懷想浮雲、林泉、海上，似乎心中另有一個廣闊的天地，實際上卻是生機滅盡，一片冬意。這樣的達觀，實在多餘。既然已經放棄努力，還管什麼觀不觀呢？

如果他是：『我真傻，竟幼稚到不知道世界上還有「失敗」這回事。不過現在總算懂了。第二次再遇到「它」，相信會比第一次習慣些，好對付些。我悟了！我悟到失敗是不可避免的。我比從前更懂得走路，而且更認識路。人生的路跟肉眼所能看到的路並沒有什麼兩樣，也是這裡一個坑，那裡一個坑的。也可以說，路是由坑組成的，如果我們的著眼點是在「坑」上。那麼，我下次要是再掉進坑裡，我就不會以為世界的末日到了，我自己的末日也到了。路嘿，有路就有坑嘿！人生的路是要走的，一兩個坑算什麼？我很高興我發現了這個「坑的真理」，以後走起路來就更有意味了。』

這就是達觀，充滿生機的強者的達觀。

挫折也是人人所害怕的，害怕挫折的心理，本來就是非常正常的。不過，我們要是對實際的人生加以觀察，就能發現一個人遇到挫折以後，人生的路還是要走下去的，只是有「向下走」和「向上走」的區別罷了。

永遠放棄「再嘗試」，採取一種「苟活」的態度的，這就是向下走。不要因為被挫折嚇壞了，被挫折嚇「灰了心」，心中就響起了悲嘆調，喜歡陰暗的牆角，喜歡陰溝，喜歡爬行。催促他：『走啊！』他回答：『我是在這兒走啊！』但是他不走陽光普照的大馬路了。

『嘗試的結果必然是挫折，挫折必然是嘗試的結果。』他說。他下結論：『我早就看開了。這就是達觀。我是很達觀的。』

這種形態的達觀，是一種只剩軀殼的可憐的達觀。
另外一種達觀，是在受到挫折，經過一番掙扎以後，內心真正的覺醒。
挫折總是可怕的，可是聰明的君子並不那樣輕易下結論。挫折來的時候，確確實實會使人昏迷。挫折過去以後，確確實實會使人回想起來就戰慄。但是走人生的路多少帶有一點「摸索」的性質，前途埋伏的挫折一定比「這一次」更多。人受到挫折以後，既然最後總歸還是要「恢復過來」的，那麼我們為什麼不換另外一個角度來觀察它？
我們這樣觀察吧：
差不多每一次挫折所帶來的創傷，經過「時間」的治療以後，總會有一個「復元」，一個也可以算是喜劇的收場。那麼我們為什麼不能這麼相信：挫折的結果是創傷的復元？
我們為什麼一定要把創傷當「真」，把復元當「夢」？為什麼我們不可以把創傷當「夢」，復元當「真」？如果你可以武斷的說人生是無數挫折的總和，我為什麼不能堅定的說人生是無數令人興奮的「康復」？你可以說擦皮鞋沒用，天天擦，天天髒。我為什麼不可以說擦皮鞋有用，天天擦，天天亮。哪一種態度「健康」？
我們並沒忘記人生的「缺陷」。

人群社會所追求的「圓滿」，通常並不具有美學上的意義。五福，六福，是對美滿人生的一種「社會學」的描繪。它成為一個社會的共同的，固定了的「幸福標準」。這種標準的存在是一種事實，但是我們忍不住要懷疑，它對人生的幸福是否有益？或者，它根本就是人類自己愚弄自己的愚蠢的把戲？

五福「十全」，固然會使人有「充沛的幸福感」，而且這種幸福感還是群體所支持，所確定的。這種幸福感會使一個人對人生充滿信心，不易動搖。這是它的優點。

但是絕大多數的人是五福缺一，缺二，缺三，缺四，甚至全缺的。於是，他們被社會的「公尺」一量，判為有缺陷；自己也不知不覺的沮喪起來了。

五福的觀念，對大多數人來說，反倒成為人生幸福的桎梏。

社會偏見只是製造人生缺陷的因素之一，其他的因素還多得很哪。這就造成一種矛盾：幸福的標準使許多人不幸福，正如人體美的標準使許多很美的女性不美一樣。

只有智慧的君子才知道，所謂幸福，只是一種內心的感覺，偏見陰影下的許多所謂缺陷，事實上並不是真缺陷。

當然，另外還有一些缺陷是一般人所沒法兒抗拒，沒法兒不沮喪的，例如生理上的缺陷就是其中之一。為這種缺陷灰心是人的常情，因此也產生出一種對缺陷的假達觀。

這種假達觀正視缺陷的存在，這可以說是它的美質，不虛偽的美質。但是它所下的結論，卻令人懷疑。

一個殘廢人承認自己的殘廢，這種態度是「健康」的。不過，如果他因此心甘情願的認為他應該安心做一個人生的「寄養者」，因此認為對於自己的光芒萬丈的「生的意志」，能創造人生奇蹟的「生的意志」應該加以無限的壓抑，認為退出人生廣場才是一種美德；這樣的假達觀，實在大大委屈了自己。

真正的達觀應該是，並不否認缺陷的存在，但是卻絕不因此壓抑壯麗的「生的意志」。這一股充沛自由的大力量，才是真正創造美麗人生的基本質素。能把握人生幸福的不是手，而是這一股充沛的力量。當然，這種豪放的說法似乎應該有具體的事實做根據，那根據就在淚最多，呻吟最多的為你所敬愛的偉人傳記裡。

消極的，畏縮的，懶惰的，懦弱的，怎麼配戴「達觀」的燦爛的金冠？

談「快樂」

現代人都很不快樂，因為現代人幾乎個個都有「躁急」的毛病。卓別林三十六年前在他的影片《摩登時代》裡的預言：人類會被自己所發明的「節省時間」、「製造閒暇」的機器，弄得手忙腳亂，心情緊張。這個預言，現在已經實現了。

法國科學小說作家「席勒．威恩」在一百年前所寫的《環遊世界八十天》裡，那個「最快的人」福格先生，拿兩萬英鎊賭四千英鎊，向朋友誇口他能在八十天裡環遊世界一周。他的憑藉就是當時的高速交通工具——火車和輪船。在他的時間表裡，從紐約橫渡大西洋到倫敦，估計是九天。這一段旅程，現在的噴射客機只要幾小時就可以走完。

福格先生當時雖然是在那兒「跟時間賽跑」，但是還能享受「在甲板上散步九天」的優閒生活。現代人就沒有這個福氣了。

美國人每天開汽車到四十英里以外的地方去上班，是一件普普通通的事情。不過，這種每天兩次聚精會神操縱「死亡機器」幾十分鐘的緊張生活，卻很嚴重的影響了人類精神的健康。

如果我們對緊張的現代生活採取「完全不批評」的態度，那麼，有汽車的人還算是好的。那些每天非擠公共汽車，擠地下電車上下班的人，他們的無可奈何的心情，他們臉上的焦慮疲憊的表情，就更令人同情了。

雕塑家應該捕捉馬路邊受盡折磨的中年人追趕公共汽車的那種神態，塑造一座「現代人」的雕像！他跑得很難看，姿勢一點兒不優美，不顧一切的狂奔，不顧一切的呼號：『等一等！』馬路成為他的跑道。他心中永遠有「我會誤了這一班車，一切都完了」的恐懼。

現代人要談快樂，最起碼的條件是要有「消除緊張」的本領。不過這並不很容易，因為緊張是會傳染的。更嚴重的是，我們精神上的緊張都是由「環境的暗示」造成的。因此，在我們突然緊張的時候，我們不可能發現那是一種病態。街上來去匆匆的行人，橫衝直撞的汽車，嘈雜的喇叭聲，使人眼花的霓虹燈，跟緊張的心情產生交互作用，對緊張的心情發生鼓勵作用。一個「緊張症」突然發作的人，他的緊張往往帶有「理直氣壯」的色彩，這就是因為他受了不良環境的影響而不自覺的緣故。

有時候，我難免也會有「現代人再不會快樂了」的悲觀推測。可是訪問了幾個快樂朋友以後，我發現，對現代人來說，「快樂」還是可能的，只要懂得一點「消除緊張的藝術」就是了。

有一個朋友對我說：『我的祕訣是「單純」。』他在幾百種使現代人忙得團團轉的娛樂或享受中，只選擇了一樣。他選擇了散步，對於散步以外的種種娛樂或享受，很「謙虛」的放棄了。他設法使自己每天能心滿意足的散步一次。從時間的觀點來看，那是最「奢侈」，最「豪華」的散步，足足有兩個鐘頭。

他一路看人，看車，看房子，看樹。他把每天黃昏散步所獲得的精神上的滿足感，當作是他一天的報酬。他把這「滿足」帶到「第二天」去，帶到辦公室去。「如果每天都能有一次精神上的大滿足，當然快樂就不是一件很難的事了。」他說。

我知道有許多愛郵票的人，愛看書的人，愛打球的人，愛整理屋子的人，愛掃地的人，愛洗碗的人，愛補襪子的人，都是靠著最單純的活動使自己得到最大的快樂。祕訣是要挑那「獲得滿足」的可能性最大的來做。

我的意思是：玩郵票要玩個痛快，看書要看個痛快，整理屋子要整理個痛快，掃地要掃個痛快，洗碗要洗個痛快，補襪要補個痛快。一個心滿意足的人，很少是不快樂的。

有一個朋友說：『我的祕訣是「寬限」，星期一做星期六的事情，這個月做下個月的事情。我常常在「絕對不需要那麼早做」的時候「像趕不及似的」那麼早就動手去做。』

他的方法，使他永遠不會有「今天非把事情趕完不可」的緊張狀態。他使自己成為一個永遠享受「寬限」優待的福氣人。他安排得好，安排得早，常跟自己說：『今天做不完，明天再做吧！』『有點兒累了，歇歇再說吧！』『兩件事碰在一起，隨便挑一件擱一擱吧！』

他享受的是「寬限」，所以總有一種「受豁免」的輕鬆。他不但沒有「趕」的感覺，竟還享受著要做就做，不想趕就不趕的自由。

『輕輕鬆鬆，樣樣事情都在限期完工。』他說。『這是最大的快樂！』

他是那種「八點要上班，六點鐘早就可以出門」的人，他在緊張繁忙的現代，表現了令人佩服的從容。

最出色的，是學心理學的那位朋友。『快樂的祕訣就是不使自己不快樂。』他說。

有一次我們相遇。他用左手托著下顎，說：『滴答，滴答，滴答！這是幾拍子的？』

『什麼幾拍子的？』我問他。

『牙疼的節奏。』他苦笑著說。

他常常在心情最煩悶的時候，誠懇的去打聽別人旅行的經驗，含笑聽人興高采烈的報告旅途趣聞。

他在最生氣的時候，突然問起對方的寶貝兒子游泳的成績。

他在激動的時候，在別人說話越來越難聽的時候，匆匆忙忙的上廁所。等到他回來，已經是滿臉含笑，告訴人「剛剛想到一個有趣的故事」了。

『做一些快樂的動作。』他常說。

人人都會遇到不如意，甚至不幸的事情。這是沒法兒避免的。現代人很不幸的還要對付「緊張」的傷害，所以現代人想保持快樂的心境就更難了。不過，情緒的惡化卻是可以控制的。我承認我的朋友所說的那句話是可靠的：『快樂的祕訣就是不使自己不快樂。』我們應該多為自己儲備一些開朗的想法，溫和的言語，友善的舉動。

談「樂觀」

一個有「凡事盡往壞處想」的習慣的人，不管怎麼研究樂觀哲學，他本質上還是要「悲悲觀觀」的過一輩子。正像一個有「封閉恐懼症」的人，不管你怎麼告訴他「一個人關在書房裡寫稿根本不可能遇到什麼危險」，他聽懂是聽懂了，不過還是願意到客廳去寫，而且希望「在同一個天花板下」還有別人陪伴他。別人的「在場」，使他相信客廳不是會出危險的地方。

「樂觀」是一種「心理習慣」。我們與其探討樂觀哲學，倒不如直截了當的培養樂觀的「習慣」來得有效些。這道理，跟慈愛的父母安慰傷心的子女慣用的那種方法的「道理」完全一樣。

父親對傷心的孩子說：『不要再難過了。來，笑一笑，笑一笑給爸爸看！』孩子一笑，覺得心裡輕鬆了許多，就一下子什麼事兒也沒有了。

樂觀也不是靠分析得來的。分析得來的那種樂觀，在「悲觀人」眼中，比「不分析」還難忍受。他會對每一步「推理」懷著隱憂。在你終於下了結論，說：『因此，我們是應該樂觀的。』他會瞪著眼，呆呆的看著你——覺得自己比以前更悲觀了。你等於替他拓廣了憂慮的領域。

悲觀的基本性質是「疑慮」跟「恐懼」。受挫折多的人，對事容易抱悲觀。在理論上，我們可以說，是「不愉快的經驗」造成一個人的悲觀傾向。因為那些經驗太不愉快了，像影子，像鬼魂，緊跟不捨，使人有「它隨時可能再出現」的恐懼，使人沒法兒相信「它已經走了」，這就是悲觀的根源。不過，這僅僅是理論。

對一個樂觀人來說，我們要特別注意的是，他對「不愉快的經驗」也一樣「津津樂道」，「永銘心版」，但是他所談的，所關切的，竟是「脫離那種不愉快」的多采多姿的經歷，尤其重視「脫離苦海」的那一剎那的輕鬆跟舒適。「不愉快的經驗」，對他竟成為快樂的根源。

舉一個更具體的例子。悲觀的人憂慮破產，怕得要死；但是一個樂觀的人，卻永遠只記住他上次破產以後，經歷過困苦，還清了債務，奮發向上，終於一切又上了軌道的那一天的「令人難忘的勝利的感覺」。

悲觀的人，只記住一次一次的失敗。樂觀的人，只記住一次一次的成功。所謂「不可救藥的悲觀主義者」，就是指那些只記住一次一次的失敗的人。所謂「不可救藥的樂觀主義者」，就是指那些只記住一次一次的成功的人。這兩種不同的「不可救藥」，哪一種是「飽含著人生的智慧」的，我們很容易分辨出來。

對於一個什麼事都不想做的人，他當然應該記住以往的失敗，因為只有這樣，他才能「不再做任何事」。但是對一個奮發有為的人來說，他不是更應該想起以往多少次的成功嗎？

一個樂觀的人對待「過去」所抱的態度，還不是他最令人著迷的地方。「樂觀人」最令人神往的，是他對「未來」所抱的態度。

我注意到，「悲觀人」對「不可知」的未來，總是經常準備好了一幅灰色的圖畫，他永遠能夠「憑事實，憑過去的經驗」，相信「未來」絕對不會「太」好。樂觀的人，出人意料的，竟也是「憑事實，憑過去的經驗」，卻相信「未來」絕對不會「太」壞。

樂觀人最使人沒法兒理解的，是他那一種特殊的心理狀態：總覺得好事情就要發生；總覺得有一種不可知的「神祕因素」，越來越逼近，越來越逼近，一切會一下子全面改觀，變得非常美妙。因此，他對未來充滿好奇，充滿興致，充滿新郎一樣的期待。

我所認識的一個出色的「樂觀人」是個病人，他是小家庭裡唯一的生產者，生病住院以後，家庭經濟發生問題。一向對他依賴慣了的太太，在那種情況下，很難得的，竟能鼓起勇氣出去謀職，在孤兒院找到一個保母的工作；做事很負責，很受重視。

那生病的樂觀人所遭遇到的，對苛求的人來說，等於是「抱病，負債，而且連累妻子拋頭露面」。但是這個快活病人所說的是：『四隻手掙錢，將來可就花不完啦！』

這個人當然不是病院關得住的。不久以後，他真的出院去過那「花不完」的新生活去了。後來他還中了一次獎。這個人，我早就知道是會中獎的。

我承認「悲觀」或「樂觀」都是「非實際」的，但是它在我們處理實際事務的時候，提供了有利或有害的「精神元素」。我們完全沒法子擺脫它的影響。這種無法躲避的影響力，往往使我們改變了現實。我們不能低估這兩種「觀」的力量。

我常常把樂觀的人看成「半神性」的人。他好像是從哪一個神祕的地方獲得一種不平常的力量。他好像能預知未來，對前途充滿信心。一切好事的發生，對他來說，等於是必然的。

我知道人生的成功要靠努力。不過，一個人如果不是相當的樂觀，就絕對不會去為一個目標流汗。他多多少少要先能肯定「未來」。相信某種情況必定能出現，他才會有努力的興致。

我會把樂觀的人高抬到「半神」的地位，連我自己也覺得有點驚訝。這恰好說明了我對「樂觀」的氣質的傾心。

我並不認為一個樂觀的人永遠不會遭遇到失敗。我並不認為一個樂觀的人永遠萬事如意，萬事順心。相反的，我是從失敗，失意，困阨，拂逆的人生事例中，發現了樂觀的光輝。

一個樂觀的人，在失敗以後，高高興興的從事「從頭做起」的努力；在失意的時候，高高興興的做有益的事；在困阨中，他高高興興的尋找一條可以走出困境的路；在拂逆中，他高高興興的捱，高高興興的忍受。

總之，他永遠不失去「一切總會好起來」的信心，而且對「未來」懷著極大的「好奇」和「興致」。

他為「幸運」沏好了茶，他為「幸運」擺好拖鞋。他自自然然的迎接「幸運」像太太迎接丈夫回家。

「幸運」終歸會找到「樂觀人」，這一點我是不懷疑的。「樂觀」像一朵不謝的花，即使它不等待蝴蝶，蝴蝶也會找到它。

今天和明天

每個人今天都比明天年輕，但是所有的人都忽略這一點。

今天就是明天的昨天，所有的人也都忽略這一點。

許多人最喜歡說「要是十年前的話」這種話，其實，今天不就是十年後你所說的那個「十年前」嗎？

我很清楚「每個人今天都比明天年輕」這個事實，所以我所遇到的任何一個人，在我的心目中都是年輕人。我用對待「年輕人」的態度對待所有的朋友，因為我的朋友確實比「明天的他」年輕。明天的他又比後天的他年輕。一想到十年後，我就覺得今天的他實在太年輕，太年輕，太年輕了。

我一向把自己看成「年輕人」。我的意思並不指我比十八歲的小朋友年輕。我指的是我比十年後的自己實在年輕得「太多」了，所以我應該享受我自己生命中的「年輕人」的權利。

每回，我一想到我今天比明天年輕，我就振奮起來，快樂起來。我覺得我應該趁著「年輕的時候」多賣點兒力氣，多讀點兒書，多為將來打算。

蘇東坡的父親蘇洵，人人說他是「年二十七，始發憤為學」，意思是說他「開始得晚」。其實，拿二十七歲的蘇洵跟二十八歲的蘇洵相比，你就會覺得他「開始得並不晚」。他是「早在一年前」就開始了的。

一般人喜歡拿歐陽先生的年齡去跟不相干的司馬先生的年齡作比較，說這個比那個年長，那個比這個年輕。這種比較，是為第三者的方便作的比較，對歐陽先生沒有什麼意義，對司馬先生也沒有什麼意義。這就好像我們人類拿互不相干的鯉魚跟雲雀相比，看看哪一個在水裡待得久，哪一個在空中待得長一樣。我們並不關心鯉魚的幸福，也不關心雲雀的幸福。我們並不理會鯉魚的生命的意義，也不理會雲雀的生命的意義。我們只關心我們的「生物學」。

第三者可以為他自己的需要，拿你的年齡去跟另外一個人的年齡相比；這種比較對他有用。這種比較，對他來說，是可靠的「客觀的資料」。他要「用」這個資料，所以他拿客觀的標準來衡量你，也衡量別人。在這種情況下，你不過是他那個「資料系統」裡的一張小卡片。

如果你也用這種方式來「處理」你自己，那就不聰明了。你應該牢牢記住的，是你永遠比明天的你年輕，而且是年輕得多。跟明天的你相比，你永遠是年輕人。

年輕人就該有年輕人的樣子，年輕人就該有年輕人的作為！

我永遠忘不了法國小說家「紀德」六十一歲才拚命學英文的故事。紀德是八十二歲才離開熱熱鬧鬧的人間的。在他出發到一個更好的世界去以前，他已經「搞了二十一年的英文」，不但看得懂英文書，不但會翻譯英文書，而且還說得一口相當流利的「微帶法國腔的英語」，非常正確，非常清楚，非常好聽。

這都是他利用「少壯時代」自強不息，努力耕耘的收穫。他珍惜六十二歲以前的少壯時代，所以他能奮發有為。我們無法否認，六十二歲的他，跟八十一歲的他相比，實在是「年輕得像一個吃奶的嬰兒」。

我見過許多不聰明的人，在二十歲的時候嘆息自己比十九歲老，在三十歲的時候嘆息自己比二十九歲老。他「一輩子都很老」，永遠沒有年輕的時候。

一個在十年前立志要學好葡萄牙文的朋友，因為意志不堅定，空空度過十年的光陰，吃了十年的葡萄，卻連一本葡萄牙文課本也沒念完。他嘆息說：『要是十年來好好兒努力，就不會還是一個只會吃葡萄的人了！』

我勸他就從「今天」開始，趁著「年輕」的時候努力，免得十年後又發出相同的嘆息。

我的「今天哲學」使我不敢偷懶，不敢看輕自己。當然，我比我自己的孩子老得多，但是我的孩子也比自己的嬰兒期老得多。我所關心的是「我比明天的自己年輕得多」這個事實。

「今天」永遠是年輕的。

除了「今天哲學」以外，我還有一個「明天哲學」。

我從小就相信「奇蹟發生在明天」，所以我對於今天的痛苦永遠能夠「不怎麼放在心上」。

我小時候有一次長了疥瘡。父親帶我到外科醫院去上藥，路上我總是問他說：『明天會不會好起來？』

父親的回答永遠是：『明天一定會好起來的，你放心。』

到了有一天，疥瘡「忽然」好起來了。父親笑著對我說：『怎麼樣？我昨天不是說「明天」會好起來嗎？現在你該相信了吧？』

那時候我雖然年輕，也能聽出父親是話裡有話，他把「明天哲學」傳授給我。

我相信人在「人生旅程」中是會遭遇到種種困難的，但是這些困難，都在「明天」解決了。所有「今天」不能解決的難題，「明天」一定能圓滿解決。

我是一個很能容忍的人。我所以能夠那麼「能容忍」，是因為我相信「明天」會製造奇蹟。

我容忍壞脾氣的朋友，因為我相信「明天」會設法使我的朋友不再遭遇到那麼多不如意的事情。果然，到了最後，「明天」製造了一兩樣奇蹟，使我的朋友臉上有了笑容。

我很懂得「明天」是怎麼工作的，我也了解製造奇蹟需要「一點時間」，所以我從來不像一個傻瓜那樣的問：『到底是哪一個「明天」？』

在我的少年期，因為戰爭，家道中落，有一個時期家庭經濟非常困難，一家人過的是很苦很苦的日子。不過我們並不認為那是世界末日到了，因為我們都知道，那時候「明天」正在大賣力氣，著手製造一個規模相當大的「奇蹟群」。後來那些奇蹟一個一個先後出現。我現在回想起來，心中仍然充滿感激。

在我承擔繁重工作的時候，我習慣把抱怨的時間拿來工作，讓「明天」去替我解決其他的問題。「明天」從來不失信，它使我順利完成我的工作。

有許多人生難題並不需要今天來解決，因為「明天」早就準備好了一切。我有一個朋友告訴我，他怎麼樣在困苦的環境中完成了學業。有好幾次，他在夜裡痛哭，但是「明天」替他抹去眼淚。有好幾次，他幾乎絕望，但是「明天」給他帶來生的意志。有好幾次，他想向整個惡劣的環境報復，但是「明天」告訴他報復雖然可以出氣，但是也表示「沒有志氣」。他幾乎軟弱到完全依靠「明天」扶著他走路，一步是一步，一個「明天」捱過一個「明天」。現在，他完成志願，「銑鐵」在烈火中造成劍。這是「明天」所經營的一個最大的奇蹟。

安徒生最著名的一篇童話裡，很細膩的描寫過「明天」怎麼樣使醜小鴨變成天鵝。那篇童話是有深刻的人生意義的。

「今天哲學」使我知道及時努力。「明天哲學」使我對今天的努力不懷疑。我幾乎沒有提到過「昨天」，那是因為「昨天」不過是船後的「水文」，你回顧的時候總看得見，那是用不著什麼「哲學」的。

談「平凡」

「平凡」的境界，在藝術創造的領域裡，是最壞的境界。可是從待人的態度上看，「平凡」充滿人情味，充滿理性，卻是一種最美的境界。

我從一本清朝人寫的書裡，讀到一段記載。內容是當時有一群南方學生，到北京去上學。他們個個非常自負，臉上帶著「留學生」的豪氣，在長途旅行之後，像觀光客一樣熱熱鬧鬧的進了北京城，大約在天快黑的時候到達了學堂。

學堂門口有一個穿著老舊長袍的校工，很謙卑的上來招呼這些老遠從南方來留學的英豪，引導他們進去看學堂，看宿舍；有問必答，客客氣氣。當時那幾個「少爺」，對那個上了歲數的「家人」印象很不壞。

他們一群參觀了一會兒，就有一個「正式的官員」到了。當然那官員有一種氣派，有一種「威」，讓那群南方英豪不能不肅然起敬，心中湧起「總算找到了真正管事的人了」的欣慰。

不料那有「威」的官員一走到「校工」的面前，就恭恭敬敬的站著不走了。老校工也很和氣的上前一步，很親切，很有禮貌的交代那官員要好好兒招呼這群「一路很辛苦」的學生，要看看宿舍是不是收拾乾淨，要替這些遠離家鄉的青年學生解決困難。那官員也很親切，很恭敬的答應了。

那群南方英豪大吃一驚，在那種溫暖祥和的氣氛中，不得不也收斂起臉上的驕氣，很委婉的向官員打聽那老家人究竟是誰。那官員也收起「威」來，很有禮貌的回答了他們。一群南方英豪聽了，又大吃一驚。原來那個老校工就是張之洞！

沒有受過良好教養的人，他的「底細」就像「男人在沙漠上騎駱駝」，很容易叫人一眼就看破；洩漏他的底細的，就是他的「傲慢的態度」。很不幸的是，沒有受過良好教養的人，往往以為「傲慢」可以掩飾教養的貧乏，事實正好相反，那樣做反而等於「洩漏」。

如果我是一個大機構的主持人，我選擇我的各級主管，第一個條件就是「他是不是和氣」。我要重視他們的「和氣」像重視他們的「健康」。然後我就在一百個「和氣人」裡，選擇一個最勤奮，最有恆，最有專業知識的人來擔任那個職位。我不要傲慢人。我要發給傲慢粗暴人一筆遣散費。

我所以那麼重視「和氣」，主要的原因是：「和氣往往是精力的寒暑表」。世界上，我從經驗裡知道，只有真正貯藏了夠用的精力的人，才能待人和氣。筋疲力竭的人，不是態度傲慢，固執偏激，就是脾氣暴躁。所以我說，和氣就是健康。

第二，「和氣」說明了那個人「知道自己跟別人在人格上是完全平等的」。一個人如果驕傲到認為自己是高人一等或高人三等，他當然就會覺得「和氣」是多餘的。只有一個真正知道「自己跟別人在人格上是完全平等」的人，才能夠尊敬人，才能夠跟人做朋友，才能夠跟許許多多傑出的人才組成團隊，創造大事業。

「和氣」並不是一件簡單的事。一個人要修養到「和氣」的境界，那過程，就像一個小孩子從學習注音符號到成為學者的過程一樣曲折艱難。各種刺激，各種折磨，各種失敗，各種侮辱，他都能夠用理性去接受，去化解，然後他才能像大蚌一樣，使這些多采多姿的人生遭遇凝成一顆和氣的明珠。

「和氣」通常都是穿舊長袍的。舊長袍給人的印象就是「平凡」，平凡到極點的「平凡」。它使人「很強烈的」感受到那種自然，那種親切。自然，親切，就是偉大。偉大使人心服，使人信服，使人佩服。

「傲慢」的人容易自滿，常常很有趣的扮演起「夜郎」的角色。在他僅僅只有一點點成就的時候，就覺得已經「很夠」了，「太夠」了，所以不能有進步，不能有光明的前途。如果靠他來辦「大事業」，他所能辦的「大事業」一定很「小」。

傲慢的人容易不知不覺的侮辱別人的人格，所以很容易得罪人，很容易得罪傑出的人才，很容易得罪忠心的朋友，所以他永遠沒有團隊，不能有所作為。

前面的分析，已經充分的描繪了「平凡」的光輝。我說過，「平凡」的境界，是待人的態度上的最美的境界。它是，永遠是，缺乏良好教養的人所辦不到的。缺乏良好教養的人，就像孤陋寡聞的鄉下人，心中所想的一直是怎麼使自己有威，有派頭，有排場。他一直想實現童年在心中描繪的那一幅實際上並不存在，也永遠沒法兒實現的「暴發戶式的圖畫」。

我們都知道，兒童的那種奇特的想法，是因為他們在現實生活中感受到「大人的壓制」才產生的。那種對現實生活的狂妄圖畫，過後都會因為合理的教育跟大人待他的親切而消失。不過，並不是每個孩子都這麼幸運的。

從另外一個角度來看，這種待人的最高最美的境界，在藝術創作上卻是大忌。沒有人能忍受平凡的，缺乏創造性的「藝術」。拿文學作品來說，它的起碼條件是使人閱讀的時候心中產生一種「驚喜」。那是指語言的趣味，語言的意味，語言的滋味。這完全要仰仗作者的智慧。如果一個作家的作品始終平平淡淡，到了終卷竟沒有一處能使讀者「動心」，這就是壞作品。我們不能勉強把一部平凡的作品形容成「平凡中的偉大」，除非是為了道德的緣故。沒有一個作家會希望他的作品是「平凡」的，除非他寫作的態度是為了記錄知識或者宣揚道德，除非他明白的捨棄了「藝術創作」的態度。

我們所閱讀到的好的文學作品，沒有一部是「平凡」的。作家的「錦心繡口」，作家的令人傾倒的才華，奠定了一部文學作品的地位。

現在我們看出矛盾來了。我們對藝術創作所要求的是不平凡。我們崇拜作家不凡的才華。我們接受作家對我們的「征服」，那種「征服」是越徹底越好的。

可是在現實生活裡，我們用另外一個態度。不管我們的那個朋友多麼有才華，我們只有在他「很謙虛的自認平凡」的時候，才肯接受他的「友誼」。如果他是一個作家，那麼，我們就不希望他用「驅遣語言」那樣驕傲的態度對待我們。我們要求他對我們尊敬，對我們有禮貌，對我們關心。

這個矛盾並不是不能解決的。作家是「為了我們」，很驕傲的驅遣著語言。他的一切，是為我們做的，是他對我們的貢獻，是他為我們提供的服務。

我們喜歡一個懂得怎麼放辣椒的優秀的廚師，但是我們並不喜歡那廚師像辣椒一樣的暴烈難惹。我們喜歡一個「處理語言像一個有無上權威的帝王」的作家，但是我們絕對不歡迎作家用傲慢無禮的態度對待我們。

一個很有才氣的人，仍然可以成為我們所喜歡的，懂得尊敬人的好朋友。這裡頭實際上並不含有一絲絲的矛盾。

談「興趣」

「興趣」跟「睡眠」，是精神健康的兩個重要元素。雖然興趣有時候會剝奪睡眠，使人身體不健康，不過那是另外一個問題。同樣的，也有些「興趣」對貪眠的人幾乎無緣，例如閱讀跟寫作。因為貪眠的人只要靜下來，即刻就聯想到「睡」。那種「對閱讀跟寫作十分有利的情況」的出現，對貪眠的人來說，等於「一個大枕頭」的出現。

我並不想強調「興趣跟睡眠是互相衝突的」這一點，雖然在許多情況中，「它們」確實是如此。我想強調的是它們對精神健康的重要性。不管是興趣「吞食」了睡眠，還是乾脆把睡眠本身當作一種興趣，一個人只要能在這兩樣中獲得一樣，這個人的精神就可能相當健康。

一個長期睡眠充足的人，通常都有一個出色的胃。他食量大，消化情形良好，肌肉增長率高，而且精力充沛。他可能成為一個出色的行動家，在行動上具有一種「魅力」。他對社會的貢獻，通常都在他有力的行動上。

我們再看看「以發明的興趣作人生動力」的愛迪生。他每天睡得很少，幾乎是「把所有的時間全拿來作實驗」。過度的疲勞會使他忽然說不出自己的姓名。他第一次得到「發明的報酬」，因為一向把興趣專注在發明，竟不懂得怎麼處理那張支票，既不知道「背書」是怎麼回事，而且竟把四萬美金的現鈔都抱回家裡去。他忙得沒工夫修飾，衣衫襤褸，而且相當髒，第一天到自己設立的新實驗所去工作，連他雇用的看門小孩兒都不肯放行，錯認他是「閒人勿進」裡的那個「閒人」。

他的種種缺點，使他距離一個「出色的行動家」的標準太遠，連個小工對他都沒有「起碼的尊重」，更別提他想「帶動」什麼人；可是他也一樣「一輩子活得有聲有色」。他也許指揮不動一個小孩子，但是他卻把「整個人類的文明」帶著往前飛奔。他對社會的貢獻是另一類——用另外一種方式。

「興趣」跟「睡眠」，比較起來，「睡眠」是一個單純，容易處理的問題。我們幾乎可以大膽的說，一個普通的人，只要有正當的職業跟大量的睡眠，差不多就已經能夠解決「一切的人生問題」。純粹從「個人福利」的觀點來看，我寧願宣傳「睡眠」的福音。不過，如果從「群體福利」的觀點來看，我就不敢那麼輕率了。

這種使人聯想到某種家畜的「睡的哲學」，在處理個人問題的時候，甚至在處理一些不嚴重的疾病的時候，非常有效，值得聰明人在必要的時機適當加以運用；

但是這種「哲學」對群體福利的貢獻不大，而且只要一百年的時間，就可以使人類「退回原始」。

「興趣」的問題是複雜的，比較難處理的，但是我寧願多談「興趣」。英國哲學家「羅素」在他那本《幸福之路》的小書裡，拿「下棋」作例子說明興趣的「複雜性」。當然，對中國人來說，我認為值得拿來作例子的，應該是「打麻將」。

大文豪「托爾斯泰」年輕的時候，在軍中有了戰功，該得「一枚」十字勳章，但是他不願意放棄下到一半的一盤好棋，竟成為授獎典禮上唯一的「忙得沒法兒出席」的人。羅素說，托爾斯泰日後的成就，跟他得不得十字勳章無關，他的作品才是他真正的動章；但是，換一個平凡的人，那種作法就太傻，也太沒有禮貌，是一種對自己絕對不利的行為。

也是羅素說的：一個有職業的單身漢，生活既有了著落，他願意一下班就下棋，並不想求上進，什麼人也管不著他。不過，如果他是有太太，有兒女，還需要求上進增加收入的話，那麼他就得嚴格的約束自己的「棋興」。

這兩個例子說明「興趣」本身的複雜性。我們不必說得太過露骨，也可以體會出人類有某些興趣並不值得熱心的加以提倡——儘管人類對這種興趣「興趣非常濃厚」，例如賭博的興趣，或者其他足以損害身體健康的興趣（不要以為世界上沒有這種「興趣」)。

我們不能憑一般人對「它」興奮熱烈的程度來判斷一種「興趣」的價值。我們起碼要以「個人福利」跟「群體福利」互相諧和的標準來判斷興趣的價值。例如集郵的興趣，就具有「寄託個人心靈」的美質。

精神有所寄託的個人所組成的大社會，必定也是一個相當和諧的社會。

一個有適當「興趣」的人，性格裡也必定有「中庸」的良好傾向。「興趣」會把人引向「中庸」，也就是對人生產生調劑作用。這是因為真正的「興趣」會造成一個人的精神集中。精神的高度集中會使人「遺忘」許多不愉快的刺激，使「偏激的情緒」，「偏激的思想」永遠沒法子凝成。愛好音樂的人，在心中相當悲痛的時候，彈彈鋼琴，慢慢的也就平靜下去。愛好集郵的人，在心中相當憤怒的時候，只要翻翻郵票冊子，馬上就進入另外一個和平的世界裡去。這個平凡的道理跟這幾句平凡的敘述，是很容易理解的。

「中庸」所以值得提倡，是因為「它」著眼點在「均衡」，可以有效的防止愚蠢的「小題大作」，防止為了一點芝麻小事造成整體的瓦解。

對一個暴怒的人，「中庸」勸他只要「略微有點兒不愉快」就已經很夠了。對強烈的情緒稍加約束，可以保全人格的「一貫性」，可以保住人格的完美。從群體福利的觀點來看，「中庸」造成和諧。從個人福利的觀點來看，「中庸」防止「把自己毀滅」。適當的「興趣」，常常會把人生引向「中庸」。

各種「興趣」中最值得我們重視的是「創造的興趣」。這種興趣並不是人人都有的。它只屬於少數最傑出的天才。我們不得不承認，少數具有創造興趣的天才，所表現的，通常是一種「少有的偏執」，並不是溫厚的「中庸」精神。他們的工作成績，常常造成人類的進步，增進人類的福利，但是他們的「不正常」，幾乎可以說是不「中庸」的。

我們沒法兒想像一個每天一定要睡足八小時，每頓飯一定要細嚼一個鐘頭，刮臉刮得很勤，衣服剪裁「分釐必爭」，頭髮抹油抹得很亮，指甲修得長短合度，皮鞋量腳訂製的「愛迪生」，還能有什麼時間來給我們發明電燈。

我們也沒法兒想像一個「日出而作，日入而息」，有固定的職業，量入為出的「華格納」，在每天記完日用小帳以後，還能有心情寫什麼歌劇。

這些天才的「興趣的強力集中」，歷久不衰，使他們「偏執」而不正常。如果「中庸」是值得提倡的，我們看看「中庸」怎麼解決這個問題：

「中庸」是不走極端的，重視整體和諧的，當然天才跟凡人之間的和諧也包括在內。對於少數「焚燒自己，造福人群」的天才所激起的不和諧的小小騷動，「中庸」的反應是溫和的，容忍的，自然不至於小題大作，加以撲滅。能夠容忍「小不和諧」來完成「大和諧」的中庸，才是真正的中庸。如果中庸也有苛細的條規，不容有一絲觸犯，那就是另外一種方式的「極端」，也就是「反中庸」了。

「純真」好

智慧高的人，從生活中吸收種種的養分，保持自己的純真。智慧低的人，從生活中吸收種種的毒素，使自己的內心跟面貌越變越醜。

「成熟」的含義，是常常被誤解的。

最常見的誤解，就是把「待人越來越刻薄」，「對人越來越懷疑」，「心胸越來越狹窄」，「行為越來越自私」，「態度越來越虛假」，「脾氣越來越暴躁」，「熱情越來越冷卻」，全部當作「成熟」來看待。我認為這種成熟是很「醜」的。

「成熟」應該是青草更青，綠葉更綠，蘋果更紅，藍天更藍，白雲更白。

我們可以找出種種理由來同情一個「從此臉上不再有笑容」的人；但是我並不認為這個人是智慧很高的人。

我的心中藏著一幅祕密的畫像。這是一位老太太的畫像。她臉上都是「歲月的車輪印子」，但是她的微笑像純真的少女，眼中有晶瑩的光彩。我在她的笑容中找到了「成熟」的真正含義：智慧培植起來的純真。

她是我學生時代的國文老師。我最後一次跟她見面是為了拿一首我看不懂的詩去請教她。

『我看不懂的詩比你還多。』她說。『這個詩人一定是有了某一種非常獨特的經驗，不過他卻在「語言」方面發生了點兒困難。這種情況有時候也是很美的，對不對？』說完這句話，她就笑了。

在她的笑容裡，我看不到有「我的師丈因為肺病去世」的那一層陰影，也看不到有「飽受折磨把四個淘氣的孩子教養成人」所凝聚起來的一層積勞怨恨的冷霜。現實生活的艱苦，像一捆粗糙的繩子，緊緊的捆住她像捆住天使。天使卻從繩索中飛出來，輕輕落在繩索上，唱她應該唱，想唱的歌。

在「請教一首詩」以前，我還拜訪過她一次。那一次，我看到了現實生活的真面目。她有兩個淘氣的孩子剛打過架，飯桌也還沒收拾，屋裡是那兩個可以說是完完全全不懂事理的孩子的哭聲，一起一落，連我聽了也心煩。

不過，我並沒看見她滿臉怒容，也沒聽到她摔飯碗拍桌子怒罵：『你父親丟下這一副擔子，自己先走了，讓我一個人在這兒受活罪。你知道我一個女人為了賺錢養活你們這四個不知天高地厚，沒心少肺的孩子，一天得受多少折磨？你們還有心打架？打吧，打死好了，也讓我少受點兒罪！』

我想，這應該是一幅令人同情的「人間地獄」圖，如果我所看到的真是這樣，我也不會覺得她有什麼不對。

可是我看到的跟前面的描寫完全相反。她並不發怒。她十分鎮靜。

『兩個孩子剛剛比過力氣，我也都分別安慰過了。』她說。『現在屋裡有點兒亂。最好先把飯桌收拾收拾，改變改變屋裡的氣氛。到廚房來談談吧！』

她一邊跟我談話，一邊收拾飯桌，把碗拿到廚房去洗，洗過碗又把廚房收拾乾淨，然後替我沏好一杯茶，請我到客廳去坐。

『有時候四個孩子捉對兒打，可以算是一部「四國演義」。我總是耐心的一個一個去安慰，避免發脾氣，再寫出一部「五國演義」來。孩子打架，最基本的原因是迷信暴力。其實孩子要讓兄弟姊妹對自己好，還有更好的辦法。』

我很好奇的等著聽下文。

『請兄弟姊妹吃糖。』她說。『不過這只是個比喻。』她笑了。

她用無法形容的耐性來治家，來對付現實生活。她所得到的報酬卻是很大的，那就是獲得了豐富的人生智慧而且保持了自己的純真。

如果用梁啟超那篇〈最苦與最樂〉文章裡的自問自答的筆法來寫出我的感想，那麼我就要這麼寫：

人生什麼事最使我難過呢？窮嗎？不是。累嗎？也不是。我說人生最使我難過的，是看到美麗的母親當了幾年母親以後，有一張惡狠狠的臉；美麗的主婦當了幾年主婦以後，臉上有嚴冷的表情。

我有一個當了主管的朋友，天天在養威，說是可以鎮懾部下，結果眼中布滿凶光，毀掉自己美好的容貌，也失去了內心的純真。其實一個好主管，應該對部下親切。因為替部下解決困難，鼓勵部下發揮創造精神，才是他應負的責任。也許「凶光」真能幫他擊敗自己的部下，但是一頭怒獅率領著一群綿羊，又能創造出什麼事業？

生活的艱難有時候也能毀掉自己的純真。我對天天提籃上菜市場買菜的先生或太太，心中懷著敬意。但是我常常祈禱：菜市場裡講價殺價的活動，不要毀壞他的面容，使臉上凝聚錙銖必較、冷漠無情的寒霜。

不該去責備一個朋友說：『你太天真了，你太缺乏社會經驗了，你太不知道現實社會的可怕了。』

我覺得只有一種「天真」是應該受責備的。天真得認為自己可以不尊重別人，天真得認為別人應該毫無條件的接受自己的意見，天真得認為自己永遠比別人高明些，天真得只想享受權利、不盡義務，天真得把團隊的成就認為是自己一個人的成績……，這「些」天真，是應該受責備的。

以真誠待人的那種天真，在低待遇下努力工作的那種天真，為了助人不怕吃虧的那種天真，耐心想去感化惡人的那種天真，對待不聽話的孩子慈愛的那種天真，喜歡跟小孩子接近的那種天真，熱心而被人拒絕卻不氣惱的那種天真，相信人生以服務為目的的那種天真，為了盡責任而吃苦的那種天真，都是應該受鼓勵的；因為這「些」天真能保持住一個人內心的純真，能使一個人的容貌永遠那麼可愛親切。

我憐憫一個有了成就，卻失去了純真的人，因為我覺得他所得到跟他所失去的相比，實在少得可憐。失去純真，也就失去了幸福人生的一切。

有一次我拜訪一個八年沒見面的好朋友。我們握手的時候，他並沒有問我現在在哪兒做事，待遇好不好，一個月可以拿多少錢，住的是公家房子還是自己買的，孩子念私立還是公立？他問的是：『還那麼喜歡看電影嗎？還那麼不喜歡穿西服上衣嗎？早餐還是在辦公桌上吃的嗎？還那麼不喜歡理髮嗎？』

他連茶都不給我倒。

我問他：『你還是那麼喜歡逛舊書攤嗎？你過了五月節還穿棉毛褲上班嗎？你

還念西班牙文嗎？你還寫稿寫到半夜，肚子餓偷吃兒子的生日蛋糕嗎？你還跳你自己發明的搖擺舞嗎？』

我們心情都很愉快。因為能在艱難困苦或一帆風順中保持自己的純真，真是一件令人高興的事。

卷二

塑造「自己」

談「成功」

「萬事如意」是一句人人愛聽的話。除了少數具有高度人生智慧的人以外，一般人都認為一個人的成功，完全是由於「命好」，由於「萬事如意」的緣故。這種想法，跟事實正好相反。事實是：一個人的成功，是由於他能平安的通過「不如意谷」。

我們常常誤解成功者，認為成功是一件值得道賀的大喜事。其實這種道賀，未嘗不含有「你的命真好」的意思在內。這常常傷了成功者的心。一個成功者最值得自豪的，並不是他今日的成就有多大，而是他從平凡走到不平凡的這一段人生旅途中所受的種種折磨。

一個成功者在接受道賀的時候，常常有「喜極而泣」的舉動，這通常被解釋為「我們的熱情深深的感動了他」。這也是錯誤的。事實上是「我們的興奮，突然刺激了他」，使他猛然想起他從前走過的那一片黑暗世界，想起當年他心中那一點微弱的金光就像風雨中的小蠟燭。如果不是在絕望灰心中突然轉念，如果不是在心亂的時候強自鎮定，如果不是在膽寒的時候突然來的捨命一拚的勇氣，如果不是在昏迷中倔強的抑制糊塗念頭，他怎麼能通過那個「不如意谷」？

他並不是「看看我今天多麼榮耀」而狂喜，而「泣」。他是為自己過去「在十分軟弱中還能振作起來」的奇蹟而發抖，激動，落淚。

人人向他請教成功的捷徑，祕訣，甚至「三字真言」。但是他真正想告訴人的卻是：『一言難盡。』

世界上有許多美好的東西，等人伸手去拿，但是這一伸手的距離，代價可能是十年，二十年的時間，也就是說，你要忍受十年，二十年的不如意。

成功的正當解釋，只能說是一種「心理狀態」，因為世界上找不出客觀的標準來衡量成功。世俗的「五福」甚至「六福」的尺子，也量不了成功。因為人間有許多「福福俱全」的人，心中卻沒有一絲「成功」的感覺。這種「五福人」的特徵，是內心「飢渴難熬」，常常逼他去提醒旁邊的人，要人家留意他的客觀條件。可惜的是，客觀的條件跟成功並沒有必然的關係。因為成功不是由外人判斷，成功是自己內心的感覺，由自己判斷。所謂成功，只是「到達心裡想到的地方」罷了。成功的最大敵人並不是環境，而是自己。「想到的那個地方」，對別人不一定有什麼意義，但是對自己卻非同尋常。

寫到這裡，似乎應該提出例證，才合情理。不然的話，前面的話就沒有著落。不過我的例證不由名人傳記來，我的例證也是平凡得像真正的「成功」一樣。

第一個故事是：一個邪惡的人，或者一個邪惡的念頭，永遠不能造成真正的成功。

我的故鄉流傳一個可怕的傳說。一個挑大糞的，有一天到一個朱門之家去「掏肥」。他挑了一擔「黃金」，正要由小邊門出去的時候，迎面跑來一個可愛的「小辮子」，對著他，摀著鼻子，嘴裡喊：『好臭！』這個小女孩兒無心的話，在邪惡的人的心裡，激起了很深的仇恨。他惡毒的說：『有一天我發跡，你可得當心！』據說後來他在一座破屋裡（也許就是他每天過夜的地方）挖到一塊金磚，從此苦心經營，果然成為鉅富。

他落魄時候所想要的，全都得到了：妻、妾、三個兒子。接著他就實行邪惡的計畫，託媒婆向當年他去挑大糞的富家說親，拿出很厚的聘禮，把那個說「好臭」的女孩子迎娶過來給大兒子當媳婦兒，百般虐待至死，「出了一口惡氣」。故事的結局是這個良心不安的邪惡人，成為瘋子，有心悸病，如果他不挑著兩桶大糞滿街悲呼「好臭」，心裡就永遠不得安寧。

第二個故事是一個守寡的母親按照自己所擬定的美好計畫，以她的獨子作為實現的工具，把她的兒子「製造」成一個娶了名門之女，有五個兒子，有相當高的待遇，有兩座樓房的博士。在她「成功」以後，幾乎每天都要到親戚故舊家去串門，千篇一律，如數家珍的訴說她兒媳婦的門第，五個孫子的肥胖可愛，兒子的學位，每月的收入，兩座樓房一共有幾個房間，說得差不多的時候，她會落淚悲泣。大家都知道她所誇耀的那個兒子，在失去自由意志度過中年以後，早已成為一個雙眼失神，口發囈語，成年關在那座大樓房裡的精神病患者。她的「成功」是由另外一個「人」的犧牲換來的。

第三個故事是一個純正的青年克服了口吃和學習外國語的困難的經過。他念高中的時候，收到過老師發還的一份「鴨蛋」英文試卷。他放學回家以後，下了決心要克服這個學習外國語的難關。母親很勉強的答應他退學。他關在家裡苦讀英文五年，幾次因為錯過大學學齡而不安，幾次因為家庭經濟困難而焦慮。幸虧母親成全了他，甚至在最後一年她竟去替人洗衣服補貼家用。

到了他覺得已經走到他想去的地方那一天，母校「識貨」的校長要他回去高中部執教，教的正好就是他當年退學的那個年級。在他很有信心的給學生分析《金銀島》的句子構造的時候，他的眼睛是溼的。在別人的眼中他是一位普普通通的中學英文教員，但是他內心的「幸福感」早超過了薪俸等級、學位、職級所能給他的。

因為他「戰勝過自己」，已經嘗過人生的美果，其他的一切都成為次要的了。尤其是他們母子間醇厚的感情，更使人羨慕。

第四個故事是一個醫生，他念完醫科，行醫幾年，存夠了錢，卻做了一件使人大感意外的選擇。別人以為他就要蓋樓房的時候，預備送他「著手成春」匾額的時候，他卻覺得：『現在行了，沒有問題了，夢想可以實現了。』放下聽診器，到鄉下買地種樹。這是他童年的夢。他向他的夢「大迂迴」前進，走入他的理想國。

光宗耀祖，功成名就，這種公式化，規格化的「成功」，不能說它毫無意義，因為它確實能給某些人一種比較具體的目標，給他們一種「彷彿是幸福」的感覺。這種「彷彿是」已經很可貴了。不過如果往深處看，往深處想，這種公式有時候是乏味的，甚至給人一種「隨波逐流」的空虛感。一定還有一種更「真」的成功，更「合口味」的成功。那是什麼？只有在你「不用公式」的時候你才知道。到了那時候，你很可能自討苦吃；但是你不會太吃虧，因為你所得到的可能就是「幸福」。

談「失敗」

大家都知道世界上最容易失敗的人是「買獎券的人」。有一個一臉英氣的比我年輕的朋友，很有見地的問我怎樣才能夠嘗到失敗的滋味，因為他認為那是對他非常有益的「人生的功課」。大家當然料想得到，我勸他買各種獎券，包括香港馬票在內。

我所以特別重視獎券，是因為拿它來作「人生功課的教材」最合適，優點也最多。每一張獎券代表一個「美麗的人生構想」，但是它的代價很便宜，十塊錢，頂多一百塊錢，就可以買到。然後你只要等待，等待「失敗」的來到就行了。你可以花很少的錢，買到有益的人生教訓。

面對現實人生，有許多人，甚至可以說大多數的人，所抱的態度恰好就是「買獎券的人」的態度：只花很少的代價，買下了一個「美麗的人生構想」；然後等著失敗。

我遇到過一個很憤慨的人，很憤慨的說：『我每期都買，費了多少心血、金錢，老是不中。命運待我太不公平了。』他有很多忌諱。他家的孩子提東西覺得不費力，都不許說「不重」。『輕就應該說輕。』他說。

「買獎券」也可以算是一種「人生的圖謀」。這種「圖謀」所以不容易成功，依我的看法，是所付的代價偏低，所想要的跟所肯付的，簡直不成比例。『既然我已經付出十塊錢，當然我就應該發達起來。』這是「買獎券的人」愛用的邏輯，天經地義。我的看法不同。我認為對「至少值美金十億」的「美麗的人生構想」所出的價錢只不過十塊，完全缺乏「買的誠意」，當然應該失敗，天經地義。

有一個說自己「現在連姓名都懶得寫了」的詩人，對我發出「年輕的牢騷」，所談的都是自己的不得志，所談的不是詩。我發現他所描繪的社會，完全是「失敗造成的幻覺」。我知道他真正失敗的原因是：對實際的語言學習得太少，詩讀得太少，空墨水瓶堆積得太少，稿紙撕得太少，苦思太少，熬夜太少，右手中指左側面的繭子太小。

他完全逃避了一個詩人最艱苦的功課：對實際語言的學習。所以他根本沒有能力使「柴米油鹽」、「雞毛蒜皮」似的實際語言忽然精力充沛，彈性十足的「活」了過來，做出許多令人驚喜讚嘆的妙事。這也就是說，他不肯付出「學習實際語言」的代價，因此也就沒有能力「美妙」他的語言，「童話」他的語言，使他的語言成「詩」。

詩人也有買獎券的。我從前有一個愛買獎券的詩人朋友。我很敬愛他。每次我們見面，就在一起談獎券。

『你看，這幾期的圖畫都拿故宮的古物作主題。』他說。『你記得從前有一段時期是拿純粹裝飾圖案作主題的嗎？妙得很。』

他最惋惜的是他所蒐集的獎券少了一期，一直沒辦法補齊。所少的那一期，是因為他「中了獎」，在「喜出望外」，「白白得了好幾千塊」的興奮中，忘了「補買」一張。

像他這種人，在買獎券這種事情上，「失敗」的「機會」當然很少。他所以能立在「不敗的地位」，主要的原因是他純粹拿「興趣」作他人生的主體。他不「圖謀」什麼。他高高興興的享受一種樂趣。

『我的海棠死了！』有一次有一個愛種花的朋友很傷心的跟我說。我並不替他難過，因為我知道再過幾天，他還會高高興興的指著他所種的「另外一棵」，問我：『你看這一棵怎麼樣？』種花，對他來說，是一輩子享受不盡的樂趣。

如果他種花是為了賣錢，種好花是為了賣大價錢，那麼，「海棠死了」，對他來說，簡直就等於「人生的喪鐘響了」，我就有「弔唁」的責任了。「再」如果，他種好花是為了維持他在「種花界」的名氣跟地位，「海棠死了」就等於一種「家醜」。他絕對不會對我洩漏「身敗名裂」的祕密，寧願自己悄悄爬進「憤恨的油鍋」裡去受煎熬。

一個住在公共宿舍裡的單身君子，每天晚上總是很大方的勸同住的那些寂寞的朋友「儘管出去玩玩」。等大家都走了以後，他就拉出床下的皮箱，放在床上，自已也「趺坐」在皮箱對面，打開皮箱，把裡面的鈔票一疊一疊的「扯下橡皮筋」，含笑哼著歌兒數。他用兩個手指頭去搓弄鈔票，不是為了研究紙質，是怕兩張重疊在一起。他格外重視「數字」，像現代的許多機關首長一樣。等到別人「玩了一晚上」回來，他也玩了一晚上了。

很不幸的，有一天，事情發生了。你知道這樣的人「必然的」會遭遇到什麼事情。他手腳冰涼，對著空空洞洞的床下，「痛不欲生」。

另外還有一個「愛玩鈔票的人」，也是丟了錢。但是他並不怎麼難過，又弄來兩張新的。他不過是喜歡聞新鈔票的香氣罷了。可見愛錢也有不同的愛法：一種隨時會使人「痛不欲生」，一種只是一種樂趣。

「一分耕耘，一分收穫。」這是很好的格言：要得到什麼成就，就該付出什麼代價。不過，我提出這句格言，是想借它來說明一種「人生的智慧」。

我想把這句格言改寫成這樣：「一分耕耘，兩分耕耘，三分耕耘，四分耕耘，一百分耕耘，一百零一分耕耘……，越耕耘越樂，糊裡糊塗的忘了收穫。」人生的智慧就在這句話裡。

在「一分耕耘，一分收穫」裡，「收穫」代表一種「公平」的觀念。在人生的智慧裡，「收穫」的觀念卻帶來苦惱、不平跟憤慨。人生的幸福是建立在「享受著什麼樂趣」上面，不建立在「有了多少收穫」上面。

一個快樂作家的快樂，是由他為寫作「受罪」的時候，心中仍然覺得「甚樂」或「樂甚」得來的。一個作家如果敏感得只知道計較自己在「作家社會」裡的「社會地位」，他在寫作上就不可能得到什麼真正的快樂。相反的，一個只尋求「在寫作上費腦筋的快樂」的作家，卻常常在「作家社會」裡有很高的「社會地位」——一種他根本不在乎的「收穫」。

一般人都喜歡談論愛迪生的「成就」——一個人在美國獲得一千零九十九個發明專利；都喜歡談論他對人類的最大貢獻——發明電燈；讚美他是偉大的天才，使他說出「天才是百分之一的靈感，加上百分之九十九的汗」這句話。但是大家很少注意到愛迪生的真正性格。

真正的愛迪生是一個對發明著了迷的人。他有一條一輩子走不完的「發明的長路」。他只顧趕路，一站又一站，把「黃金」跟「成就」扔得滿地都是。發明的樂趣，使他創造過六十小時不停的工作的記錄，使他的人生格外「單純」。也許他並不知道自己具有「人生的智慧」，但是他憑著這種智慧，快樂的度過一生，成為一個「永遠不失敗」的人。

我想下的結論是：

「失敗」，只對講「收穫」，計算「成就」，喜歡用客觀的「數字」來說明自己的人，有些意義。一個能夠培養一種純正的趣味，而且以這種趣味作為人生的主體的人，他可能一輩子不知道「失敗」是什麼東西。他很可能就是一個永遠不失敗的人。

談「公平」

世界上每一個活著的人，都受一條「收支相抵」的公平的人生定律所控制。有人把這條收支相抵的定律解釋為上帝的公義，有人把它解釋為「老天有眼」。不管怎麼樣，種瓜得瓜，種豆得豆；得瓜由於種瓜，得豆由於種豆；不種瓜得不到瓜，不種豆得不到豆；種豆不能得瓜，種瓜不能得豆：這是很容易懂的。

前面那一番道理，是往好處說的。如果往難聽的方面說：賊吃肉，賊也挨揍；既然吃了一塊精肉，就該認命等人來揍；雖然挨了揍，卻有一塊好肉在那兒等著。怎麼樣合算，怎麼樣才叫不冤，自己選擇就是了。

這個道理，就跟我們夏天買「造涼機器」一樣。電風扇沒有冷氣機那麼體面，但是電風扇便宜，「主人」不必為了買它而出一身汗。冷氣機貴得達到叫人「咬緊牙關」、「把心一橫」的程度，但是它給人的那種「別人家的牆上烙得熟一張餅，我家大小如在春風裡」的美好感覺，想起來卻很值得。你要電風扇？你要冷氣機？你自己決定好了。

只有最不懂事的「電風扇人」，才會忘了自己所費甚少，竟認為他沒有冷氣機是一種人間的不平。同樣的，只有最不懂事的「冷氣機人」，才會忘了自己的那一番享受，竟認為別人可以存錢，自己卻要破財，是人間大到不能再大的不平。

有沒有這種「收支相抵」的觀念，決定了一個人一生的幸福不幸福。一個沒有「收支相抵」觀念的人的特徵，就是特別喜歡發牢騷。發牢騷的人，很顯然的是自覺在人生的「生意」上賠了本兒。這種「賠本兒」的觀念，使他痛苦，使他心懷不平，因此也使他不幸福。

這種自覺「賠本兒」的感覺，常常使許多聰明人變成傻子，甚至做出傻事。最普通的傻事之一，就是不正當的偷竊「道德的油彩」，一大筆一大筆的抹在自己的「牢騷」上，把自己的愚蠢的牢騷，打扮成濃妝豔抹、大紅大綠的俗氣姑娘。例如認為「一切發達的人都是豺狼」，就是一個最普通的例子。他的邏輯是這樣的：自己不發達的原因，是因為自己有道德，不欺騙，不拍馬屁，不做虧心事。別人所以發達的原因，是因為別人根本就不像他那樣把道德當作一回事，別人欺詐，別人拍馬，別人撒謊，別人大做虧心事。

如果我們竟相信這種由愚蠢造成的邏輯，那麼我們就不得不承認愛因斯坦、海倫凱勒、邱吉爾、林肯、郭子儀、居禮夫人、福特、歐陽修、牛頓、達爾文、李白、羅斯福等等，都是人格卑下的壞蛋。理由很簡單，因為他們都比「我」發達，比「我」有成就，所以也比「我」壞！

十九世紀美國中西部的農家子弟們，當然也可以因為自己的貧窮，判定林肯，那個也是拓荒人出身卻「竟然」做到美國第十六任總統的人，發達的原因純然是由於他在道德上不如其他的農家子。其他的農家子因為人太好，沒有林肯那樣「卑鄙」（？），那樣「市儈」（？），所以都當不了第十六任美國總統。

這種愚蠢的邏輯多麼叫人不服氣，多麼使大丈夫灰心！可是，偏偏有許多可憐的人以這種可憐的想法自慰，以它來作自己的牢騷的「消炎膏」。不知道這種「消炎膏」是越抹越發炎，越抹越容易引起精神方面的毛病，最後所造成的嚴重結果，就是完全不能跟人類共同生活。

分析世界上許多傑出人物所以能夠有大成就的原因，並不是李宗吾所說的「厚黑」，而是我們這裡所要說的「不賠本兒」的滿足感。李宗吾挖苦得最厲害的是曹操，我們就拿曹操和陶淵明來作例子。李宗吾分析曹操所以發達的原因，是他臉皮厚，心很黑。一個現代人如果真相信他的神話，準會栽跟頭。一個丈夫如果膽敢臉厚心黑，結果一定會鬧到太太宣布離婚，跟他「老死不相往來」。一個父親如果膽敢臉厚心黑，他的子女必定會淪為太保太妹，氣得他死不得活不得。一個職員如果膽敢臉厚心黑，早晚落了個降級，甚至免職回家。一個商人如果膽敢臉厚心黑，命定要枯守一輩子冷櫃檯。一個民意代表如果膽敢臉厚心黑，總有一天要成為鐵窗後的囚徒。

曹操的人格固然有問題，但是世界上還沒有聽說過單靠「缺德」可以成功的。如果不信這句話，大家可以試試，但是吃虧可得自認倒楣，不能去怪李宗吾。

曹操有溫暖的床不肯回家去睡午覺，買得起一個田莊不肯去東籬下採菊花。他偏偏要騎馬騎得屁股起繭子，有時候被人追得落荒而逃，有時候在烈日下口乾得望梅止渴，有時候僥倖在刀口下撿回一條命。好日子不過，偏要去過苦日子；而且一點兒也不自覺「賠本兒」。這樣「傻」的人，當然會有成就。至於他的「人品太差」部分，使他在二十世紀的時候還挨李宗吾一頓臭罵，是他活該。

陶淵明有官不做，真像現代人的「給他一個主任他還不幹」；有漂亮體面的官服他不穿，有相當的待遇他還嫌棄。他偏偏喜歡靜靜的住在鄉下過清苦的日子，愛什麼時候出門就什麼時候出門，不必簽到，專心寫詩，發掘田園生活的美趣，體會人和自然的親切關係。他過這種叫野心勃勃的人急都急死了的生活，四句四句的寫出一首一首的好詩，並不覺得自己「賠本兒」，當然他在詩的藝術上會有使人心服的成就。如果我們把他寫作上的「發達」，也歸因於他的卑鄙和不道德，豈不冤枉了他老人家？

發達有發達的道理，妄想靠缺德來求發達，跟妄想把發達歸因於缺德，都是一樣可笑。

許多人由於自己遭遇不如意，心懷不平，認為人間對他不公平，那是錯誤的。如果由個人的遭遇來看人間一切事，我們會發現人間實在是公平得驚人，天道實在也是公平得驚人。每個人的命運都由自己造成。人生的「生意」，永遠是不賠本兒的。在你發現家裡的穀種減少的時候，田裡卻是一片青青秧苗。在你發現田裡滿眼青青秧苗的時候，家裡的穀種卻減少了。發牢騷也一樣要付出發牢騷的代價，而且那個代價相當高，有時候竟是指「人生的幻滅」。沒有一個「人生的生意人」，真正做得起這一筆「發牢騷」生意。

「吃虧」論

勤奮的愛迪生試驗過一千種以上的材料，最後才找到了碳絲，認為那是最理想的電燈泡的燈絲。在美國，第一批大量製造的電燈泡，就是這種碳絲燈泡。

朋友說他費了那麼多時間，那麼多錢，那麼多精力，才找到那麼一點點東西，實在是得不償失。愛迪生回答說：「並不。那九百多次試驗的失敗，對我並不是損失。依我的看法，那九百多次的失敗，也是收穫。我獲得了寶貴的知識，知道有九百多種材料是不適合拿來做燈絲的。」這句話跟他的「天才的定義」同樣有名。他給「天才」所下的定義是「百分之一的靈感，加上百分之九十九的汗」。

愛迪生把九百多次的失敗看成「很大的收穫」，這真是值得我們學習的人生智慧。如果我們仔細分析他這句話的「心理背景」，我們所獲得的還會更多。

是什麼力量支持愛迪生去忍受九百多次失敗，一點兒也不氣餒？答案是：濃厚的工作興趣。

愛迪生是一個「生意人」，在出售他發明品的時候，表現出非常卓越的「生意眼光」，並且深懂生意人的技巧。他二十三歲把他對股票行情記錄機的新設計賣給一家電報機製造公司的董事長。當時他心裡的打算是：要價五千美金，能得到三千就賣。但是他跟董事長勒佛茲將軍說的是：『我看，還是將軍您先說個價兒。』

董事長想了一會兒，說：『我給四萬，你看夠不夠？』

愛迪生雙腿發軟，雙手扶住桌子，回答說：『這個數目還算公道。』

許多人都說，愛迪生在做生意的時候是很「生意人」的，可是在做實驗的時候就完全忘了「生意經」，只知道埋頭苦幹，不但是不計較成本，甚至飯也不吃，覺也不睡，簡直是「不顧死活」了。這個說法，只說對了一半。

先說說「對的那一半」。

愛迪生試驗燈絲，如果還打他的鐵算盤，那麼，在頭一次失敗的時候，他必定會馬上「收攤兒」；因為他費了時間，花了錢，而且「糟蹋」了身體，結果並沒有什麼收穫。不過，愛迪生並不是一個那麼容易就「收攤兒」的人。他有一種特殊的「天賦」，就是很容易對工作入迷，一下子就能發現「工作中隱藏的許多沒法子形容的樂趣」。

這種工作的興趣，不，這種「能在工作中享樂」的天賦，使他過了一輩子神仙一樣的日子。一般不幸的人，缺少這種天賦的人，通常都喜歡一邊工作一邊打他的算盤，結果工作並不能使他興奮，使他快樂；反而使他悲哀，使他憤怒。根據我的經驗，世界上這種不幸的人，數目是相當多的——他們大半都不會有什麼成就。

一個人要真正享受工作的快樂，無論如何，手邊不能放著個算盤，除非他是會計或出納。

對會計和出納來說，他們在用算盤工作的時候，心中也不能再擺了個算盤。

我的好朋友，大半都是工作勤奮的「活神仙」。我注意到他們所以能工作得那麼快活，主要的原因是他們的手只握工具，並不去撥弄小算盤。不過，人不都是聖賢，有時候他們也會受到「蛇」的誘惑，放下神聖的工具，伸手去撥弄算盤。就像「接通了電流」似的，手指頭一接觸到算盤，快樂就消失了，臉上就有悲哀，臉上就有憤怒。這要等他們發覺「蛇」是「蛇」，手指頭趕快由算盤上挪開以後，心中才能又出現了一片大海，一片原野，一片藍天。

如果我是一個大機構的主持人，我一定要印製一種精美的卡片，上面畫的是那條伊甸園裡的蛇，寫的是一句白話：『當心蛇來了！』我的目的是要告訴這個大機構裡所有的朋友：一個人一旦接受蛇的誘惑，就會成為邪惡情緒的俘虜，前途漆黑一團！一個大丈夫如果跟蛇「緊握著手不放」，他最後的命運只能是「從生活中退出」。

我並不鼓勵人當傻瓜。我鼓勵人做一個智慧的君子。這就要談到我前面所提到的，一般人談論愛迪生談錯了的那「一半」。

一般人以為愛迪生是在做生意的時候談生意，在工作的時候就拋棄了生意經。其實並不是這樣，我說過愛迪生是天生的生意人，我並不後悔我這樣說，因為生意的最崇高的意義，就是「貢獻」跟「報酬」。

這是連聖賢也「談」的：「教育英才」是貢獻，「一樂也」的那個「樂」就是報酬。這是連豪傑也「談」的：立下了不朽的豐功偉業是貢獻，留下了「千秋萬世名」是報酬。這是連小買賣人也「談」的：端上一碗熱呼呼的餛飩是貢獻，新臺幣七塊錢是報酬。出色的生意人的特徵，就是對「貢獻」有熱情，同時對「報酬」有信心。小小的生意人正好相反，對「貢獻」相當冷淡，甚至「粗製濫造」，根本不十分講究；同時對「報酬」沒有什麼信心，只知道要那具體的，有實感的，看得見的，摸得出厚薄的，咬得出軟硬的，總之都是一些瑣瑣碎碎的眼前的小東西。

大生意人在「貢獻」方面興奮熱烈，幾乎忘記了報酬，甚至拒絕了雞毛蒜皮的小報酬，從生意經來說，他的「行情」必定看漲。小生意人只計較十塊八塊，甚至還想削減「貢獻」，在一毛兩毛，甚至一分兩分上「減料」，結果當然是「貢獻」越來越弱，「行情」大大看落。

幹一行，談一行。我有一個朋友，對自己所寫的稿子的好壞從來不「計較」，但是對稿費卻計較得厲害。結果他的生意做得最「小」。

另外一個朋友，很講究自己稿子的好壞，但是同時也很講究稿費的「好壞」，結果他的生意做得最「中」，不過也沒有超過「中」以上的發展。

另外還有一個朋友，把寫稿當作人生樂事，講究得不得了，講究得不計成本，甚至「不顧死活」的大賣力氣，可是對稿費的「盤算」卻很不精明，一千字給他一千塊他也樂，給他一百塊他也樂，給他十塊他也樂，賴他稿費他也樂。他是樂在寫稿，精益求精，作品有相當的水準，結果他生意做得最「大」！他一生所遇到的像「勒佛茲」那樣的買主很多：『我給四萬，你看夠不夠？』

前面所談的一切，就是我的「吃虧論」。

世界上有許多事情，表面上看起來吃虧的，其實並不吃虧。我們實在沒有理由把對「貢獻」充滿熱情叫做「吃虧」。

世界上有許多事情，表面上看起來不吃虧的，其實卻是吃了大虧。我們沒有理由把「生意越做越小」叫做不吃虧，叫做精明，叫做「智慧」。

小生意人是很容易滿足的，但是偏偏做不到什麼生意，甚至生意越做越小。我們大家實在應該警惕：『當心蛇來了！』

談「名」

有一個有名的作家，有一次說了一個有趣的故事。這個故事對於「名聲」的真正性質是一個很好的說明。

有一回，他到一家書店，站在一座書架前面。書架上陳列著他的七種著作。他以「我就是這七本書的作者」的自豪心情，用「檢閱」的姿態把那一排書來回的看個不停，捨不得走開。

後來，他為了選取一個更適當的距離，以便能夠一眼看到他那七大成就的「全貌」，所以就退後一步，沒想竟踩到了後面的人的皮鞋尖兒。

那個人露出厭惡的神氣說：『走路應該小心一點！』作家連聲道歉，仍然不能平息那個「皮鞋蒙塵人」的怒氣。作家心裡，當然也非常不安。

那個「皮鞋蒙塵人」輕輕推開作家的肩膀，就是平常我們所說的那種「把人撥到一邊兒」的動作。然後自己上前一步，一伸手，刷刷刷刷刷，一口氣抽出作家的五本得意作品，交給櫃檯後面的店員去算帳。

『你喜歡這個作家的作品啊？』店員笑著跟「皮鞋蒙塵人」打招呼。

「皮鞋蒙塵人」說：『這個人的作品好極了。真是了不起的作品。』

付了書款以後，這很能記仇的「皮鞋蒙塵人」還特意回過頭來，狠狠的再瞪作家一眼，然後才帶著「真倒楣，碰到莽撞鬼」的態度，走出書店。

作家心中非常憤慨，很想高聲呼喊：『站住，請你回過頭來，好好兒的看看我。我就是辛辛苦苦寫出了你手裡拿的那五本書的作者！你既然承認我的書了不起，為什麼你對待我那麼無情？我就是「他」！我就是你所讚美的那個「了不起」的作家！』

但是他不敢那麼叫。如果他真那麼叫的話，「皮鞋蒙塵人」一定會真的回過頭來，給他一個難聽的答覆：『你不配！』

『除非我經常穿著「布道背心」上街，在前胸跟後背都繡著「我是作家某某人」。不然的話，我的名聲跟我有什麼關係！』

『我常常覺得，我不過是我自己的名聲的「卑微的私戀者」。我只能默默的祝「他」幸福罷了。』作家又說。

我們不得不承認，「名聲」只是一種「抽象的存在」。它並不等於一個有血有肉的「具體的人」。

一個有名氣的人，如果不經常從事「我就是他」的活動的話，他的名聲跟他自己可以說是毫無關係。

真正的名人走在街上，反而不如一個穿嫩綠色西服的人那樣引人注意。我跟一個真正的名人同在一個小攤子上吃過餛飩麵。在那個下麵的手勢非常優美的賣餛飩的中年人心目中，我跟名人對他一樣的重要；而且在我向他多要了五塊錢的豬耳朵以後，我比那個名人顯然對他更重要。

我也跟真正的名人同「館」理過髮。另外那個比我的理髮師有福氣的理髮師，很顯然的並不知道他雙手所處理的是一個有名的頭。他一樣用剪子無情的剪，一樣用剃刀無情的刮。他的剪子跟剃刀，也並不因此就沾滿了金粉。

如果你是一個有名氣的人，在「被介紹」了以後，不管對方說的是「原來你就是他呀」，還是「原來他就是你呀」，你都會微微覺得有點傷心，因為對方的話顯然暗示著「意外」，暗示著對「具體」的失望，暗示著你不如你自己的「他」，暗示著你這個「創造者」反而不如自己的「創造物」！

一個人的名聲，其實就等於一個人的「理想化了的人格」。這個理想化了的人格，在別人的「精神世界」裡是重要的腳色，但是在別人的現實世界裡，在別人的肉眼裡，它並不存在。它並不能使我們增加一公分身高，一公斤體重。

名聲並不能使人更幸福。名聲有時候反而會給人帶來不幸福。現代社會對有名的人的反應，並不恰好像有名的人所預期的那樣。它常常會使有名的人痛苦不堪，喪失了一切的自由：幫太太到巷子口買兩瓶醬油的自由，拿掃帚在大門口掃地的自由，在小攤子上吃餛飩麵的自由，陪小孩子蹲在路邊撈金魚的自由⋯⋯。要是這一切都要「被報導」的話。

一個大大有名的人，會被迫過著一種悲慘的「透明生活」。他住的房子是透明的，他的臥室是透明的，他穿的衣服是透明的，他坐的計程車也是透明的。他赤裸裸的「被報導」。一個人如果「有名」到這步田地，那就是不幸福。

舊時代的人，常常把「既不求名，也不求利」當作對自己的「美德」的表白。但是，我並不認為一個人人什麼也不追求的社會，會是一個活躍的社會，熱鬧的社會，有生氣的社會，值得我們去「活在它裡面」的社會。那樣一個「死」的社會還有什麼意思？

一個現代人說「我不求名」的時候，充分流露了他的「智慧」。他並不是在那兒表明「我是清高的」。他是在那兒表明「我不愚蠢」。「使人成名的機器」越發達，大家越害怕，因為它同時也是「毀人的機器」。

我們利用那些「能夠激動整個社會」的機器，來做一些有益人群的工作，例如救災跟保障安全，這才是聰明的。如果竟想利用那「能夠激動整個社會」的機器來成名，那就得當心啦。

事實上，我們要想使生活過得幸福，並不需要「激動整個社會」。一個小小的社區，一個窄窄的生活圈子，就已經嫌大了。我們的真正幸福，決定在一家是不是和睦，是不是互相幫助；決定在我們是不是對待鄰居好，鄰居是不是對待我們好；決定在你對待同事是不是和和氣氣、親親熱熱，同事是不是也對待你和和氣氣、親親熱熱；決定在你是不是尊敬你的朋友，你的朋友是不是也尊敬你；決定在你對工作是不是盡心負責，得人敬重。

一家和睦，鄰居對待他好，同事跟他和和氣氣、親親熱熱，朋友尊敬他，在工作上他又能盡心負責，得人敬重，這不已經是一幅金色的「人間幸福圖」了嗎？這並不是非「激動整個社會」就不能得到的。

現代人雖然並不「傻頭傻腦」、「飛蛾撲火」的追求「成名」，但是仍然十分重視值得自豪的「成就」，因為這種「成就」能使人產生幸福的感覺。但是，就連這種成就也用不著「激動整個社會」。

一個人的真正成就，只要能得到三個到五個真正出色的行家的重視和讚賞，就已經非常非常值得自豪了。一個第一流的行家的點頭，比一百公斤漿糊跟十萬張胡說八道的海報更能使你覺得充實、幸福跟自豪。

不求名是一種智慧，「什麼都不求」卻不一定是。追求理想，追求幸福，追求真正的成就，不也是非常值得鼓勵的「追求」嗎？如果人人都把「名」的真正性質看穿了，唯一的「不好」就是會給電視公司帶來一點兒麻煩。那時候，電視公司不能憑著「招招手」，就想使你滿心感奮的「上電視」了。他對於你的「露面兒」甚至「驚鴻一瞥」，都得規規矩矩的付出相當合理的報酬才行。

談「錢」

「錢」的性格最難作摩，最令人迷惑。它幾乎具有「神性」，像神，而且是最難供養的神。它像《舊約聖經》裡的上帝那樣嚴厲，令人心生畏懼；同時它又像《新約聖經》裡的上帝那樣慈愛，使人跟他接近就像「在春風裡」。它像宋朝「兄弟哲學家」的弟弟程頤那樣的嚴峻剛直，又像哥哥程顥那樣的寬宏圓融。你可以跟它親近，但是不能「太」近。你可以對它「敬而遠之」，但是不能「遠」到連它的影子都看不見。

一個拚命賺錢的人，種瓜得瓜，自然錢就越來越多，越來越多，越來越多。但是他不要以為就此可以一直推算到無限，推算到他可以買下整個地球，並且可以站在地球表面呼叫「月球人」報出買下月球上面那座廣寒宮的價錢。不必等到那個時候，就在他的如意算盤剛剛打到一半，一向和藹可親的「錢神」會忽然震怒，把他（這個自以為深懂「錢」的性格的人）用電鞭毀滅了。沒有人知道「他」是怎麼得罪了「它」的。

我們只能猜想，猜想那個可憐的「他」，一定是超出了某一個限度，因此褻瀆了錢神，冒犯了錢神，觸怒了錢神，所以在電光一閃的那一剎那，他化成了塵土。電光閃過以後，飛揚的塵土飄落地面，地面一片寂靜。既然「堤壩」已經崩裂，他所積聚的財富，也就像水，四處奔流，流進地下，流進大江，流進別人的家。

這種「神話風格」的敘述，也許會使人覺得充滿「玄學的幽奧」。不過，前面所提到的「一定是超出了某一個限度」的猜想，卻是可以用常識來說明的。

一個拚命賺錢的人，在最起初，只不過是「對錢有一點興趣」。但是等到他慢慢進入「錢的世界」以後，他就會很驚喜的發現「這裡頭大有可為」。他會很快的獲得許多「錢的學問」，覺得自己過去太傻！這情形就像不會下圍棋的人，一向把圍棋看成「一塊木板上擺滿了黑鈕扣跟白鈕扣」；等到發生興趣，學會了四個白子兒可以「吃」一個黑子兒，或者只要有「兩個眼兒」就可以把這一塊地方「做」活了以後，一下子就產生了「九段的自豪」一樣。他越鑽越深，懂得了利潤跟時間的「非常複雜的關係」。

他越陷越深，越來越自負，逐漸養成了「蔑視人間其他一切事物的價值」的不良習慣。他幾乎用一種憐憫的眼光去掃視別人的奮鬥，別人的努力，別人對理想的追求。再進一步，他就開始「敢」輕視「精神價值」這種「空洞的東西」了。他建立了「唯錢史觀」。

由這裡再往前邁一步，他就可悲的進入了「瘋人的世界」。他心中除了對「錢的連鎖爆炸」有興趣以外，對其他的一切都不再發生興趣。他生活枯燥，有時候不得不花錢去「買」些樂趣，但是花錢買來的「樂趣」已經不能使他產生「驚喜」，不能使他產生「一個小孩子好容易要到錢去吃一杯冰淇淋」的那種「初次體驗美好人生」的驚喜。

「厭倦」在後頭追逐他，他唯一的快樂就只剩下「再引發一次」更大的，更強烈的「錢的爆炸」。一個人落到了這個地步，我們就可以把他形容成「超出了某一個限度」。他由「精神上出現沙漠」開始，然後喪失理性，然後喪失健康，然後喪失……。

一個人到底需要多少錢，才能適度維持精神上的幸福狀態，維持對人生體驗的「新鮮感」？這是每個人都不同，而且也是每個人都「不懂」的。最聰明的辦法，最明智的態度，是學主婦做菜湯擱鹽：一點兒一點兒的加。先放進一點兒鹽，嘗一嘗，還太淡，再加上一點兒。錢像鹽，錢是生活的鹽。巧婦做菜擱鹽是論「適度」的。「越多越好」的觀念是荒謬的。

沒有鹽，所有的「菜」都變成沒法兒下嚥；但是我們並不真正的「吃鹽」。

世界上大多數的人都需要「比現在所有的再多一點」的錢，但是絕對不是「越多越好」。「錢不夠」的人，應該知道自己並不「窮」。他們在「錢」方面好像受了點兒委屈，可是他們在「人生銀行」裡存下了一大筆「新鮮感覺」，只是還沒去「提」就是了。慢慢兒的「提」，慢慢兒的「用」吧！

把存在「人生銀行」裡的那一大筆「新鮮感覺」，在一天裡全部提出來換成現金？他想幹什麼？

我的「錢」的觀念，是非常開明的。我主張人人應該賺錢，而且應該依自己的需要，適度的發一筆小財或一筆大財。不過，這純粹是為別人設想。至於我個人，我是「更聰明」的，「更圓融」的把「錢」的含義僅僅固定在「代表工作的報酬」這一點上。雖然全世界的人，沒有例外的，都會認為這種「工作的報酬」非常不公平，而且都能在三秒鐘之內立刻舉出三個明顯的例子來——如數家珍。但是，我仍然願意只承認錢是工作的報酬，因為它不該是「不工作的報酬」！

對於困擾人類的「工作報酬的不公平」，我有兩點傑出的想法，雖然它常常是「不被原諒」的。第一，如果有一天我忽然成為一個大機構的主持人，我會很開明的「提拔」那個「最覺得不公平」的人做我的「大副」。我專管工作的開展。他老人家專管「報酬的核定」（包括核定他自己在內）。不出三個月，我相信他就有機會享受到「焦頭爛額」的滋味，不是憤怒的要求我乾脆結束這個「攤子」，就是辭職不幹，甚至大徹大悟，入山去修道——因為他不但為了這一番「核定」費盡了心血，並且還很客氣的把自己的一份兒「略微定低了一點」，可是大家還不滿意他！

主張對「工作的報酬」採取「糊裡糊塗」的態度，甚至是「高高興興的糊裡糊塗」的態度，當然不可能被人「喜愛」，不過我是「有所悟」才這麼主張的。這就談到我的第二點想法。

「不公平」的工作報酬會使我們產生「被低估了」的憤慨。這種憤慨常常「很有利的」刺激我們把自己鍛鍊成「真金」，使自己不再成為庸庸碌碌，不負責任，滿腹牢騷的腳色。一個人一旦成為「真金」，一旦發出了黃金的色澤，他就會發現其他的機構都「虎視眈眈」的想把他「挖」走，因為他能「使別人賺更多的錢」，所以他也就「更值錢」了。

那時候，如果本機構還是「執迷不悟」，還是「企圖」把他看成「包袱」，他就可以很惋惜的跟本機構「告別」，到別的機構去享受較大的「公平」，一點也不用再客氣了。

「錢是很有用的」，這句話實在是多餘的，因為人類發明錢就是為了「用」。人類社會早就進化到「沒有錢不能生活」的階段。

我是很重視錢的，所以不敢「太」亂花錢。有錢，我可以安心的買書，玩書，寫東西。要是錢花得太快，我就得放棄一切人生樂趣，為錢做起牛馬來。有的人認為在「大賺大花」裡有人生的大樂趣，對他來說，這是對的。我的不同是：「賺和花」那種活動只能對我產生淡淡的意味。

我另有寄託，而那種寄託能給我較濃的趣味。大家可以很明顯的看出來，我並不是一個有潔癖的「排錢主義」者。

喜歡揮霍的人，把「錢」當作「快樂」的「同義語」，因此一旦錢不夠花了，他就會覺得很不快樂。守財奴把「不花錢」當作一種樂趣，因此到了非花不可的時候，他就會覺得萬分痛苦。聰明人卻懂得為自己培養不花錢的「樂趣」，這種樂趣既然並不因為自己沒錢就享受不到，當然也就能夠維持得長久些。

談「升」

美國第三十四任總統艾森豪，生命發展史上有過一段相當長的「停留不動」的時期。那時候，這個志在萬里的傑出人物，也坦白承認當時有點兒灰心，以為自己一輩子……。可是第二次世界大戰爆發以後，他的領導才能有了發揮的機會，他生命史的後半部，就不得不用一行「現代詩」來形容了：

升升升升升升……

「升」就是這篇文章的主題。雖然我有意對「升」作一次細密的剖析，不過我並不鼓勵大家過分的去追求「升」，我只希望大家對它有比較深入的了解。我鼓勵大家努力工作。只有心無雜念的努力工作，才能夠使生活充實，使人生產生意義，使「升」成為「必然」。其實，一個人如果真能進入「心無雜念，努力工作」的純美境界，就已經獲得了人生的幸福，升不升，已經成為「並不很重要的事情」了。

我始終認為努力工作是絕對「可能」的：為了幫助自己所愛護的朋友，為了追求團隊的共同理想，為了發揮個人生命的價值，為了報答溫暖社會，甚至是為了給子女做個好榜樣。

「升」的第一個必具的條件就在這兒：心無雜念的努力工作。不過這也有各種不同的程度。

凡是胸中只有「我能像這樣兒勤奮工作三年」的小氣概的人，他的「升」的可能性，當然比胸中有「我能像這樣兒勤奮工作一輩子」的大氣概的人小得多。

我也見過許多急性子的，先是積極工作一年，不升，就怨恨起來，開始對工作「怠慢」，在許多人許多人面前留下了很惡劣很惡劣的印象，一年以後，徹底檢討自己，覺得「怠慢」不像是一條活路，又開始積極起來。一年以後，不升，又怨恨了，又怠慢了。左右搖擺，找不到重心；一冷一熱，拿不定主意。這種「熱心太短暫，不夠燒開一壺水」的人，大半跟「升」無緣。

如果我是一個大機構的主持人，我絕對不敢把重任交給這樣一個患了「情緒瘧疾病」的小腳色。

我不得不再「如果」一次。如果我是一個大機構的主持人，我並不去「升」一個人，我只「升」一種「美質」。如果一定要說「人」，那麼，我「升」的必定是一個「身上發散著某種美質的光輝」的人。

我所留心的第一種美質，就是「行萬里路」的美質。這個人必須志在萬里而又吃得了眼前的苦。這個人要有理想，可是又不逃避「吃苦」。更明白的說，他心目中的「通到理想的大路」是用一塊一塊的「苦磚」鋪成的。只有這樣的人，才能在團隊遭遇到「失敗」的磨練的時候，迅速走過來「補位」支援，不至於拔腿就逃，成為一個無福陪你享受來日成功美果的「薄命人」。我何必耗心血去培植一個無福享受成功美果的薄命人呢？

我所留心的第二種美質是「大丈夫氣概」。我所說的「大丈夫」，指的並不是「塊頭很大，氣勢洶洶」的小腳色。我指的是一個有「度量」的人。

有一種人，幾乎可以說是「天生的」工作領導人。他看待「也可以說是不幸成為他的部下的人」，根本就覺得「對他們有所虧欠」，因此他待人謙恭有禮，不但誠懇，而且誠實。你可以很容易的看出來，他所領導的一個小小的單位，個個彼此相處得非常融洽，人跟人之間都沒有「火氣」；可是整體上卻又像一團熊熊燃燒的火，人人振奮，躍躍欲試，足夠燒開任何一壺「冰涼的水」。

這種人的特質是自己對工作關心，也鼓勵別人對工作關心；自己對事肯用心，但是更能熱烈接受別人的智慧。在他那個小團隊裡，沒有人怕他，但是也沒有人不愛他像愛最好的朋友。我冷眼旁觀，總覺得這種「有為的團隊」的出現，是領導人的「度量」造成的。如果我要「升」一個人，我當然會迫不及待的「升」他。

跟這個「大丈夫」相反的，是另外一種令人心寒的人。他孤獨，跟他所領導的小團隊人人為敵。他怕人家不怕他，怕人家不尊重他，所以忙著擺譜兒，忙著跟部下作戰——他要打倒他所有的部下。他所領導的小團隊，人人怕吃苦怕得要命，人人懶洋洋，人人不肯用心，人人有牢騷。人人很自卑——因為得不到他的尊重。人人很怨恨——因為得不到他的鼓勵。人人很無能——因為都被他打敗了。我不會急著「升」這個人。我急著「降」這個人，急著「換」這個人。我希望有一個較好的局面，因為我這個大機構的主持人需要的是一群熱情有為的「大丈夫」朋友。

我不會忘記了我一向所留心的第三種美質：良好的人緣。在我所主持的大機構裡，「傲慢粗暴」的人是「一輩子」也升不上來的了。這是因為他那「暴發戶式的傲慢」、「野蠻民族式的粗暴」，顯示出他心的深處有非常嚴重的「自卑感」——一種「文化的自卑」。另外一方面，也很可能他的身體已經成為疾病的「旅館」，所以時時流露出病態的無禮跟褊狹，完全無法控制。人人很容易激怒他，他也很需要激怒別人來緩和「因為肉體痛苦」所造成的緊張情緒。

無論原因是什麼，你永遠別夢想「依靠」這種人來領導工作。在他所領導的小團隊裡，他無力引動向心力。他的傑作是製造離心力。他的小團隊裡到處是「永遠打掃不乾淨」的牢騷。這種人，你敢不敢「升」他？「升」他有沒有「用處」？

第四種，也是最後一種美質，就是「積極向上，自強不息」。在我所主持的機構裡，總會有那麼一天，我忽然把一個清潔工人「升」成主管——因為那個清潔工人做的雖然是清潔工作，但是他讀書破萬卷，早已經成為一位出色的學者；或者勤苦鑽研專業知識，早已經成為這個行業的專家。這種人我不「升」，我「升」誰？

我最喜歡看到一個人能善用業餘的時間，不去打那「令人興奮熱烈」的麻將，而且對於「兼差」能夠「適可而止」甚至很明智的「揮起了慧劍」，然後心平氣和的在知識的花園裡勤奮的種起花來，日久天長，自然會有一般「庸庸碌碌的人所辦不到」的大好成績表現出來。那時候，胸中早已呈現聖賢豪傑的大氣象，體會得到「人生以服務為目的」的真理，升不升，他早不介意——不過我倒是一定「升」他的，因為我的大機構裡聖賢豪傑自然是越多越好。

在「升」的世界裡，什麼趣事都有。其中最有趣的，是許多該升的人偏偏升不起來，原因卻是「受了小小毛病的拖累」。這真是一個「祕密」。有的是手腳不乾淨，堂堂七尺卻偏愛「弄」那三百、五百的小錢兒。有的是態度傲慢，老喜歡以無理的言詞得罪同事。有的是因為言語粗暴，跟人說話像吵架。有的是天性悲觀，對任何事都缺乏那麼一股銳氣。有的是愛計較，多做一件小事馬上就送上「帳單」。總之，那些小毛病都是別人認為一個「行萬里路」的人所不該有的。

「升」也可走捷徑，而且那捷徑竟是出奇的「短」。我拜訪過一位連「升」五級的好朋友，笑問他的「祕訣」。他叫我「附耳過來」，說：『你只要記住這八個字，剩下的讓別人去替你操心好了。』那八個字就是：「勤奮工作，不要回頭」！

談「廉潔」

一個古董商人用十萬塊錢買到一件希有的古董。他雖然對古董的鑑別很精，但是他的主要興趣並不在「蒐集」。他的真正興趣是在「發財」這一方面。他所具有的，別人所不能及的專門知識，對他來說，不過是「發財的工具」。

有一天，他放出空氣，說他有意把那件希有的古董脫手，要價七十萬。不久，就有另外一個更精的古董商來拜訪他，交給他一張七十萬的兌現支票，買走了那件古董。這個「更精」的古董商，當天晚上就把剛買進的古董賣給一個收藏家，很輕鬆的得到一張一百萬元的兌現支票。

第一個古董商人把十萬塊錢收進的古董賣給人家七十萬，一賺就賺了六十萬；可是並沒有人認為這個古董商人「貪汙」。這是因為在「商業的世界」裡，所講的是「供需關係」：有賣的，有買的，只要雙方願意，就算「合理」。

第二個古董商人因為有能力找到更好的買主，所以他一過手就賺三十萬，省事到了極點；但是他用不著「在良心上」覺得對不起第一個古董商，因為：有買的，有賣的，只要雙方願意，就算「合理」。

並不是我們對這兩個古董商人特別寬容，實在是他們兩個在本質上都是令人敬佩的有擔待的君子。如果第一個古董商買到的是「贋鼎」，一切損失自然由他自己負擔。如果第二個古董商所找到的買主臨時變卦，搭飛機溜走了，那麼一切損失自然也由他自己負擔。這兩個「會賺錢的傢伙」，雖然賺得狠了些，但是仍然不愧為大丈夫。

現在再拿《兒女英雄傳》裡那個河臺大人「談爾音」來做例子。談爾音是全靠「大量送禮」謀得了那個肥缺的。他這個人根本談不上什麼「勤奮工作」、「盡忠職守」。他完全把「商業世界」裡的原則拿到公務員世界裡來運用。既然他謀得那個好缺是「投」了大量的「資」的，那麼到了他坐上「可以大量收進」的「坐位」，當然就要收回成本，而且進一步提高利潤。這在商業上是完全合理的。

因此，他把河道上的各種職位都拿來「賣」。出價高的，就賣給他好職位。出價低的，就賣給他次一點的職位。一毛不拔的，就想法子治他。拿商業世界裡的原則來說，一分錢，一分貨，他的商業行為也完全合理。唯一不合理的是，他所賣的並不是他自己的「東西」，就像一個法國公民「賣」出「艾菲爾鐵塔」一樣，他賣出了屬於國家的「東西」。

這種行為，就是「盜賣」，跟竊賊差不多。

我們再看看河臺大人「談爾音」賣出了國家的東西以後，使國家蒙受了什麼損失。各河段的主持人，為了要「撈本兒」，自然就要不斷的向下面要東西。一直要到最下面，因為再也沒有「下面」了，當然就只有在「東西」上想辦法。在購料的時候，有的是買少報多，有的是出高價買劣貨，他們並不怕行不通，因為驗收的人也在那兒「賣」自己的職責。

到了最後，河堤建築因為偷工減料，就在雨季崩塌了，淹死了許多人，也沖走了許多人家的財物。國家的整個治河設施到哪兒去啦？都被「談爾音」賣光啦。

這個故事，很容易使我們了解「為什麼那兩個古董商人是人格崇高的」，「為什麼談爾音是人格卑下的」。因為兩個古董商人賣的是真正屬於自己的東西，談爾音賣的是「偷來的東西」。那兩個是君子，這一個是賊。

一個在職的職員利用職權弄錢，為什麼被人看輕？主要的原因是他賣的是「完全不屬於自己的東西」，主要的是他把群體共有的東西當作自己的東西偷偷賣出去了。

「談爾音」的部下在購料的時候，很可能對自己說：『商人並不比我能幹，一買一賣就賺出錢來。現在我有的是機會，為什麼我不能像他們一樣？難道我的智慧還不如他們？他們可以幹，我為什麼不可以幹？』

這麼一想，就真辦了：『公家有的是錢。咱們這麼辦好不好？你一半兒，我一半兒，你看怎麼樣？』辦過以後，他很高興自己也能「賺錢」了，其實他賺的是自己所屬的那個群體共同的利益。他對群體不貞了。

「談爾音」的另外一個部下，採用另外一種方式：『你的這些東西是「我」買的，所以你一定要給我一份「糠米胥」。如果你不給，「我」就不買。』可憐的商人急得走投無路，只好硬擠出一份「糠米胥」來，但是很聰明的拿次貨來頂替真貨色。這個表面上並沒讓群體受到任何損失的人，實際上仍然使群體蒙受另外一種損失。他「賣」出了群體的利益。

如果「不廉潔」也算是一種買賣，那麼這種買賣實在是「不道德的買賣」。如果「不廉潔」也值得自豪，那麼這種自豪實在是「扒手的自豪」——只有技術的價值，缺乏道德的價值。

有一對讀者夫婦寫信問我兩個問題。我對他們的問題發生了極濃厚的興趣。

第一個問題是「天真」的：『為什麼商人做買賣賺錢，我們認為是應當的？在職職員利用職位賺錢，不也是商業行為嗎？為什麼我們就認為那是卑鄙的？』

我的答覆就是前面所說的：商人賣的是屬於自己的東西；不廉潔的在職職員所

「賣」的是屬於群體所有的東西，然後把「營業收入」據為己有。

第二個問題是「怎麼樣算廉潔」？

我想說的是，要尊重商人應有的利得，要求的是品質好，價錢公道。記住買東西的是你所屬的那個群體，不是「你自己」掏的錢；真正神氣的顧客，是你所屬的那個群體，也不是你自己。如果你是管付款的，那個神氣的付款人也是你所屬的群體，不是你自己。每一個在職職員，都應該記住每一次「商業行動」都是群體的行動，用的並不是你自己的錢。

如果商人是早就準備好了「鼓勵購買」的「糠米胥」的，那麼，設法讓那「糠米胥」歸屬於群體，因為群體才是真正的「購買人」，你自己不是。商人要「銘謝惠顧」，要送禮，設法讓他把禮送給群體，使群體成為真正的「受禮人」。你自己所能接受的，不要超出微笑跟握手。這樣就能維持住自己的廉潔了。

我很羨慕這一對讀者夫婦。尤其羨慕那位讀者先生，因為他有一位好太太，能真正關心到先生的廉潔問題。對每一個在職職員來說，「廉潔」是最高的榮譽。

每一個在職職員都應該牢牢記住，不要把「商業世界」裡的原則運用在自己的職務上。那不是「能幹」，那是「危險」。

真正對商業行為有興趣的人，應該勇敢的去從商，做一個「老闆」，吃苦耐勞，謀求自己事業的發展，成為一個俯仰無愧的大丈夫。

一個在職職員的起碼美德是「廉潔」。如果他竟能憑著自己的職務撈錢，那就不是一件值得道賀，值得鄰居羨慕的事了。

塑造「自己」

我所遇到的每一個人，都是專業的雕塑家。他們用一種「對神那樣的虔敬」來從事自己的工作。在陽光下我看到他們，在月光下我看到他們，在星光下我也看到他們，看到他們在工作。甚至在沒有光的時候，我也看到他們，看到他們專心的工作，在陰影裡。大家，每一個人，都在那兒辛辛苦苦的塑造「自己」。

這是人間最偉大的主題：「自己」。

一個作家說他要寫作一部偉大的作品來「反映一個時代」的時候，其實他所想完成的卻是「自己」對「時間的荒原」裡一個小站的「不朽的審判」。

一個小詩人在讚美「愛情」的時候，他所完成的，其實是描述了自己「喝一種蜜汁」的細緻的經驗。

你初讀《紅樓夢》，那時候年輕，你自己變成一個「小人兒」，氣急敗壞的衝進大觀園，站在林黛玉、賈寶玉這一邊，直接參加了愛情的戰爭。等到你漸漸成熟以後，再讀《紅樓夢》，你就不會像從前那樣容易動怒，你沉思的時間會比「跟林黛玉、賈寶玉到處跑」的時間多。你有時候會故意放慢腳步，讓自己落後幾尺，然後，冷靜的觀察林黛玉、賈寶玉的背影。

有一天，你正站在寂靜的瀟湘館外沉思默想：『《紅樓夢》的主題是什麼？』一陣風，一陣竹葉響。你一抬頭，猛然看見大觀園外站著一個一萬尺高的巨人，胸際有雲海，太陽像是他右耳所掛的金耳環。多「巨」多「巨」的巨人啊！你發現了《紅樓夢》真正的主題，那就是曹雪芹他「自己」！

你為什麼要說「人類都是自私的」這種離事實很遠的話呢？在我這麼「少」的人生經歷裡，我就發現許多人，真正有血有肉的人，都是「不自私」的；甚至可以包括我自己在內——在某些時刻，在某些場合，在我心中金碧輝煌的宮殿裡住滿了聖賢豪傑，住滿了哲人跟騎士的時候。

人類不一定是自私的，就連最自私的人也不是每一分鐘都自私的。相反的，人類有很深的「善」的淵源。這種「善」，是人心殿堂裡那一盞寶石吊燈發出來的金光。人，只有產生心理學上的「挫折感」的時候，才會憤恨的拉上厚厚的黑窗帘，遮住那個光；但是我們還是（如果細心的話）能夠看到「窗帘縫兒」隨時「漏」出來的一線線，一絲絲黃金的顏色。

海盜用握刀的手撫摸愛女的黑髮的時候，他的愛，愛女的回報，使他心理上由人類社會所給他的「挫折感」完全消失。那時候，他心中的「愛」，實在比一生都在闡揚愛的真諦，可是因為感冒，脾氣很壞的聖賢心中的「愛」多得多。這時候的聖賢，因為生理上的不適，造成他心理上的挫折感，他的心境反而是非常「海盜」的，他對社會有一種暫時性的「尋仇傾向」。

我很高興我沒有能力證明「人類是自私的」。不過，我更高興的是我有能力發現有關人類的一項珍貴的「事實」。那就是人類都是很重視「自己」的。「自己」是人生的永恆的「主題」。每個人一生所有的努力，只針對著一個目標：「塑造自己」。每個人都是一個出色的雕塑家。人類社會如果希望和平相處，那麼人人都應該學習跟他的鄰居建立一種「偉大的雕塑家跟偉大的雕塑家之間」的良好關係。那就是「謙遜」跟「互相尊重」。那就是敬，就是愛。

只要你心裡稍微有一絲絲「你這個雕塑家固然出色，可是跟我相比就差多啦」的「祕密小念頭」，你跟你鄰居的關係就要開始惡化。如果你竟愚蠢到對鄰居懷著這樣的成見，而且深深「相信」，同時更以自己的坦率自豪：『你這傢伙怎麼配稱為雕塑家，笑話！』那麼你就要當心，你跟鄰居的關係就「完全完了」。

一個人如果不尊重他的同伴，他的同伴就也不會尊重他。在他驕傲到把別人看成狗（比方說）的時候，固然可以像大醉的酒徒那樣的覺得非常得意。可是他遲早會發現一個「旁觀者看起來十分有趣」的現象，他的朋友漸漸也會模仿他（心理學上的防衛作用），把他也看成狗。他成為「狗眼裡的狗」。那時候，他就要「很傷心」了。這個道理，表現在由人類智慧凝聚成的一個共同格言裡：愛人者，人恆愛之。換句話說，用文言文裡那種「詞性轉換」的筆法來寫，那就是：「狗」人者，人恆「狗」之。

在人跟人的關係上，我們對這一點應該非常「警惕」。不然的話，「人跟人的關係」就要變成「狗跟狗的關係」了。我們應該學習尊重別人，因為彼此都是「塑造自己」的雕塑家，都很出色。我相信我的理論不會使人沒法接受，因為它含有很強烈的『也反對有誰「膽敢」不尊重你』的正義感。

我們不必只相信文學批評家的話，只知道莎士比亞是怎麼嘔心瀝血的塑造丹麥王子「哈姆雷特」。莎士比亞還有更大的傑作要塑造。莎士比亞要塑造的是「莎士比亞」！知道了這個事實，對文學無害，對我們也無害，因為它告訴我們真正的人生動力是什麼。有這股動力，才有聖賢，才有豪傑，才有洛克斐勒，才有邱吉爾，才有林肯，才有杜甫，才有李白，才有一切被稱為「傑作」的傑作。

我們的態度是很科學的。我們要先明白「事實」，靠著「事實」的一線光明，我們才不會生活在黑暗中。發現這個事實，對人類並沒有害處。對畏縮的人來說，這事實激勵他努力向上，積極奮鬥。對驕傲的人來說，這事實幫助他了解這世界可能有成就的人並不是只有他一個。大家從此建立美好的「一人一條跑道」的「人際關係觀」，建立「同行互相推崇」的社會倫理觀念。這不是很好嗎？

不過，塑造自己是要付代價的。也許你得投下無數「年」的時間，無數「夜」的睡眠，無數「磅」的體重，無數「萬」的金錢。但是你成就的是一種「價值」，不是「錢」。洛克斐勒固然很有錢，但是他真正留給我們的印象卻是一種「人生價值」，並不是一張長方形的綠票。塑造自己也得忍受種種缺陷。既然我們追求的是不朽的「價值」，那麼對於種種現實世界裡的缺陷和痛苦你得學習「嚥下去」。如果你想把自己塑造成「拿破崙」，至少你得學習忍受他的「矮」。如果你想把自己塑造成「貝多芬」，至少你得學習忍受他的「聾」。如果你想把自己塑造成「米蓋朗基羅」，至少你得學習忍受他的「駝」。如果你想把自己塑造成「杜甫」，至少你得學習忍受他的「窮」。更明白的說，如果你想把自己塑造成「愛迪生」，你一定得學習忍受他童年在火車上所挨的那「一記耳光」。

不傷害自己

現代醫生都知道怎麼開一劑真正的「心藥」來醫治「心病」。我的意思是說，憂慮的人，沮喪的人，生氣的人，在現代醫生的眼中都算是病人，所以都應該服用真正的藥來緩和情緒。

一般人都相信情緒的變化完全是因為外界的刺激，但是我並不相信。我承認比人類低級的動物確實是那樣，不過人類並不。對會思想的人類來說，同樣的刺激對不同的人引起不同的情緒變化。

司馬先生跌了一跤就嚇得臉發綠。東方先生跌了一跤就氣得臉發白。歐陽先生跌了一跤就窘得滿臉通紅。諸葛先生跌了一跤卻坐在地板上哈哈大笑。這跟他們四個人的「思想」有關。

劉寬的丫頭把一碗熱湯灑在劉寬的官服上，劉寬卻溫和的問丫頭：『把手燙傷了沒有？』換一個人，可能就會暴跳如雷，像一腳踩進熾熱的炭火。劉寬所以能夠不生氣，跟他的思想大有關係。

「一個人的行為，形成他的人格」，這只是粗淺的看法。正確的說，應該是：『一個人的思想，形成他的人格。』我們怎麼想，我們就是怎麼樣的人。

心理學家把人的情緒分成「積極的情緒」跟「消極的情緒」。積極情緒的「菜單」裡有：關切、喜愛、滿足、快樂、希望……。消極情緒的「目錄」裡有：憤怒、怨恨、恐懼、心煩、厭惡、失望、憂慮……。成熟的人，都知道怎麼避免激起消極的情緒，設法使自己接近「幸福」的境界。

我有一個很有趣的朋友，跟我說過一段有趣的話。他說：『我見過的有理想的人多啦！我總是問他：「你『量』過了『事實』沒有？」在我的心目中，「理想」不過是一根自己造出來的尺子。它不是什麼「公制」，也不是什麼「英美制」，它只是「自我制」。這尺子的最主要的用途是去量一量事實。量過以後自己再去決定是要「努力」，還是要「放棄」，根本沒有什麼叫「失望」的東西。』

你認為理想的社會應該是不爭奪的社會。這是你的一把尺子。你拿這把尺子去量一量事實，就可以發現在真實的社會裡人人對爭奪相當有興趣。量過以後，你可以決定是不是賣點兒力氣來宣傳互助的道理，把這當作你所選擇的「努力」；或者，你認為人類真是「江山易改，本性難移」，自己多加小心就是了，索性放棄「努力」。不管你怎麼想，這裡頭根本沒有「失望」的地位。

我年輕的時候做過一件很「天真」但是也很有意義的事情。我在一個私人商業機構裡做事，工作很賣力。我認為工作賣力，老闆就應該給我加薪水。不過我並不是一個以為我認為怎麼樣就應該是怎麼樣的人。我要量一量事實，所以就大模大樣的去找老闆談話。

老闆是一個很誠實的人。他說：『那怎麼行？依你的理想，你這樣不斷的努力下去，到了最後，我只有去喝西北風了！』

量過了事實以後，需要解決問題的是我。我是應該採取做一天和尚撞「半天鐘」的偷工減料的混日子的態度呢？還是繼續「糊裡糊塗」的努力下去？我發現混日子的態度不僅僅是不誠實，而且還會毀掉我的雄心壯志。這是一條死路。那情勢逼得我不能不去發掘「努力」的更深刻的意義。

我果然挖掘到我以前所沒想到的。原來「努力」就是生命力的充分發揮，它使一個人的人格崇高，獲得了發財也買不到的「尊敬」。「努力」能使一個人心中的「小丈夫」變成大丈夫。長期的努力跟可憐的待遇一配合，使一個人發出「價廉物美」的光輝。

每一個機構裡，待遇高，名義好聽的職位，通常都是一眨眼間就被快手快腳的人搶光了，像閃電那麼快。努力的人通常都以待遇薄、名義低的職位作根據地，因為那是很容易得到，誰也不搶的。

「價廉物美」的名聲傳出去以後，懂得成本會計的老闆就會把「本該付出相當高酬勞的重要工作」派給你去做，以便降低成本。老闆對你的耍弄，你要假裝不知道，如果你一聲張，大喊吃虧，大發牢騷，老闆為了顧全聲譽，就不敢再做這相當缺德的事，那麼，你就要失去相當珍貴的鍛鍊機會，作一輩子凡夫俗子了。

你在倒楣吃虧，吃虧倒楣的情況下，如狼似虎的吞食著經驗，一文學費也不用付。老闆躲在一邊竊笑，竟忘了向你收取學費。你的同事忙著爭待遇混日子，竟把鍛鍊的機會雙手捧著獻給你。忽然，有一天，你抹去額頭的汗，照照鏡子，發現你已經脫胎換骨，已經有能力做相當大的事業了。

我研究歷史上的偉人，發現有好幾位都是利用他那「待遇低，名義不好聽，當傻瓜頭」的長長幾年間，「勇猛」吸收經驗，奠定了一生事業的基礎的。

我挖掘到「努力」的更深刻的意義以後，就決定不再要求合理待遇，高高興興的幹下去。當然，「沒良心」的老闆最後也給我加了兩百塊錢，不過那只能算是意外的收穫。我仍然相信，理想跟現實之間，只有努力或者放棄，並沒有什麼叫「失望」的東西。

老闆是上帝派來鍛鍊一個傑出人物的天使。

前面的長例，我的本意是把它拿來說明：同一個外界的刺激，在笨人的心中引起的是消極的情緒，在聰明人的心中卻可以引起積極的情緒。使任何一種外界的刺激無法傷害到自己，是完全可能的，關鍵全在一個人的「思想」。

一般人在疲勞過度的時候，最容易發脾氣，最喜歡罵罵人出出氣。他們不知道發脾氣也是會傷身體的。我的一個大胖子朋友在疲勞過度的時候另有一套作法：

他往往直挺挺的往床上一躺，大叫：『累死我啦！你們現在就是掐我，擰我，踢我，用九條牛來拉我，也不能叫我動一動了！』說完，閉起眼睛，任憑你掐他，擰他，踢他，用九條牛拉他，一動都不動。他疲勞過度就承認疲勞過度，絕對不再發脾氣傷害自己。據我所知道的，他的太太、孩子都很喜歡他的好脾氣。每次他疲勞過度，都能逗得太太、孩子嘻嘻的笑，他自己也能獲得充分的休息。

他用不著大發雷霆，罵老婆，打孩子，把個家弄得像個人間地獄似的。

有人憂慮失業，天天唉聲嘆氣，還沒真正失業，人已經進了醫院了。另外一種人卻不這樣。他在知道有失業可能的時候，就積極的利用業餘時間去找工作，等到真正失業了，他的工作也許早就找妥了。失業本來已經是一件令人不愉快的事，何必再憂慮傷身？無禮的舉動，蠻不講理的言辭，最令人生氣。我的一個表弟卻是應付這種局面的專家，他有一次把他的祕訣告訴我。他每次遇到無禮的人，就在心裡說：『你等著吧，三天以後我要好好兒的教訓你一頓！』這樣，他就不至於再生氣傷害到自己。事實上，三天以後，他自己把這事兒也忘了。

這使我想起《讀者文摘》補白裡的一句話：『忍耐，就是不急著發作！』

談「疲勞」

一個「有福氣的人」的定義，應該是：『他累了，就去休息。』「累了就去休息」是「長生術」的主要祕訣。這是人人都相信的。不過，如果人人只重「休息」害怕「累」，那麼我們就很可能看到所有的地板上橫七豎八躺的都是閉目養神的人，整個人生會變得非常乏味，因此我們發現「疲勞」並不是「一件簡單的事」。它是一個值得我們去深思的問題。我們有充分的理由這麼說：『疲勞不只是單純的生理問題，也不只是單純的心理問題，它實在是相當複雜的人生問題。』

一個人不停的工作，或者不停的娛樂，不休息，也不睡，他就會感覺疲勞。這種生理上的疲勞，可以把它當作一種「肉體上的痛苦」來看待。人類幾乎都有忍受這種「肉體痛苦」的能力，這是「興致」、「報酬觀念」、「責任感」跟「野心」造成的奇蹟。

有許多學者、作家跟麻將先生，經常通宵不睡。別人看來，他們所表現出來的是一種「非凡的堅忍」，可是實際上，那是「興致」造成的——一種很平常的「奇蹟」。

學人住宅區裡那些書房最像燈塔，一夜點燈到天明是很平常的現象。書房裡的人在一家人都睡得很熟的時候，他卻眼睛又大又有神的，在那裡忙著搬書寫字，根本不把鐘表放在心上。「興致」使他產生驚人的忍受疲勞的能力。

白居易跟愛迪生都是睡得很少的。對他們來說，「疲勞」根本是一個不成問題的問題。如果白居易跟愛迪生都是收入微薄的男性特別護士，他們的工作是值夜班去照顧一個又小器又暴躁的患感冒的老闆，那麼，他們二位就會到處找人訴苦，說自己「疲勞得要死」，而且事實上他們也會真的不停的打呵欠，打瞌睡。

「報酬觀念」也能使人「忘了」疲勞。一筆豐厚的報酬，常能使人振奮。儘管工作是非常乏味的，但是工作代價卻「驚人的高」的話，工作者就能在「現在我又做出一千塊錢來了」這種觀念的激勵下，很快樂的忍受折磨。許多高收入者都能夠「帶著黑眼圈」，呵欠連連的微笑著賣力氣，都是靠著那「一刻值千金」的一念來支撐的。

「責任感」也能創造「征服疲勞」的奇蹟。許多一向貪睡的年輕的父母，為了照顧他們的第一個孩子，出乎意料的竟能徹夜不眠，天亮照常去上班。這是一個很能使人動心的實例。我的一個很好的朋友，在有一年的雨季裡，經過一整天令人腰痠背疼的工作以後，竟還能為他的第一個嬰兒在小炭爐上烤尿布到天亮，然後喝了稀飯就去上班，面不改色。

許多負責任的工作者，明明知道不能請加班費，照樣把辦公室做不完的工作帶回家去做，去寫。他受累，並不找人訴苦，認為只有這樣才配做一個值得信賴的大丈夫！

人類還有一股很大的力量，也能創造「征服疲勞」的奇蹟，那就是「野心」。希特勒為了實現他那個巨大的帝國的夢，常常興奮緊張得整夜不睡。很大很大的野心，使他產生出一股超人的力量，以「發動一次驚人的行動」來代替睡眠。他簡直想徹底突破「睡眠的障礙」，追尋一種日夜清醒的半神生活。

不過，我們要是從另外一個角度來觀察觀察，就能知道「征服疲勞」這種心理作用，仍然是有它「生理上的極限」的。「征服疲勞」的真正含義是「累積疲勞」，也等於把疲勞「記在帳上」，終歸是要償還的。

我們的身體都有自衛本能，在「過度疲勞」以後，就會產生一種自衛作用。這種自衛作用是多采多姿的。

有時候，它會使你大腦失靈。大腦失靈是指「江郎才盡」的現象。這種現象會使一個勤奮寫作，不眠不休的作家忽然寫不出有意味的句子來，逼得他不能不擱下筆，不能不又悲哀又絕望的到床上去蒙頭大睡一場，心中「萬念俱灰」。通常的情形是等他睡足了，償還了「疲勞債」，腦力就會恢復往日的活潑，靈泉洶湧，佳句又像「雨後春筍」的出現了。

第二種方式是使人生病長瘡，傷風咳嗽，用一些小小的毛病向「透支精力」的勤奮人要回一點債。這就是「上帝一再的勸導不聽，最後不得不稍稍加以處罰」的意思。

第三種方式是最常見的。那就是設法使過度疲勞的人脾氣暴躁，容易發怒，把「人際關係」弄得非常惡劣，然後促使這勤奮人去「自省」，自省需要冷靜下來，冷靜下來就是「息火」，「息火」也就是「身體機器」的休息了。

醫生常常發現病人都是最容易疲勞的人，稍微坐了起來，或者稍微說兩句話，或者稍微走幾步路，就會感覺到「疲勞」得受不了。這也是人類生理上自衛本能所「支使」的。一個生病的人，最應該有「完全的休息」，所以「自衛本能」就叫這個人「完全沒有動一動的精力」。

還有一種疲勞，完全由幻想產生。許多身體健康的人，每天休息過分，卻常常找人訴苦，說自己疲勞得不得了，使聽的人簡直不知道該怎麼安慰他才好。這種疲勞，是一種「心理疲勞」，是「失望」、「憂慮」跟「厭煩」的產物。

經過多少次的努力仍然失敗的人，最容易得這種「幻想疲勞」。治療的方法是冷靜的檢討自己努力的方法有沒有錯誤。對因為憂慮而「疲勞」的人來說，治療的方法是面對現實擬定「應付最壞變故」的計畫，不要老是在那兒躲避，害怕變故的發生。有的人因為對人生厭煩而產生疲勞感覺。這種人應該培養一種樂趣，或者建立一個值得追求的人生目標，設法找一件事情使自己去「累一累」。

「消除疲勞」跟「消除厭煩」是兩回事。我的意思是說，「休息」跟「娛樂」是完全不同的兩回事。「生理疲勞」的治療是「休息」，「心理厭煩」的治療才是「娛樂」。

一個一直做著刻板工作的人，最容易產生「對生活的厭煩」，所以他最需要娛樂。娛樂能使他恢復精神的活潑，培養人生的樂趣。

一個「累得要死」的人最需要的是休息，並不是娛樂。過度疲勞的人如果還要「看幾個電視節目」娛樂娛樂自己，簡直就等於「吃錯了藥」。他會累上加累，變得更暴躁易怒，因為看電視也是會「疲勞」的。「看一場電影」能治療「厭煩」卻不能治療「疲勞」。疲勞的人應該去找一個枕頭，不應該去買一張門票。

人必須在工作中體會自己存在的價值，所以應該坦然迎接「疲勞」。一個人因為過度疲勞而出毛病，固然是不聰明，固然是應該改善，但是從生命價值的角度來看，愛工作不怕受累的人，實在比永遠處在「半休息狀態」中而閒得無聊的人，高了好幾倍！

談「忙」

「忙碌是幸福」這句話，是所有積極向上的人的座右銘。可惜這句話經常被人誤解，誤解招致「懷疑」，懷疑招致「否定」。現在，「忙碌是幸福」這句話，雖然還是積極向上的人的座右銘，但是「消極向下」的人對它已經不再重視了。

這句話在「字面」上確實「存在著」矛盾，因為「忙碌」的一般解釋是「事情繁雜，得不到休息」。這種情況多惱人！怎麼能說是「幸福」？不過我不一樣，我仍然相信這句話是「意義非常豐富」的座右銘。我對這句話的解釋是：「忙碌」是達到「幸福」的唯一的道路。

一個人要發揮「生命」的作用，要使生命具有價值，就必須從「忙」開始。在一個家庭裡，母親是最重要的人物，因為母親在家裡最「忙」。我常常懷疑，如果母親是家裡最「閒」的一個，她是不是還能成為家庭中最重要的人物？

不只一次，我發現我寫「懷念童年」的文章的時候，最先登場的人物往往是我的父親。我覺得這是一件很有趣味的事情。我父親對待我母親很好，他因為母親身體弱，不願讓她過分勞累，所以他除了「主外」以外，還快樂的兼了「主內」的工作。我的記憶中充滿了種種希奇古怪，多采多姿的「大男人用科學方法管理家事」的妙事。這些妙事是我童年的「快樂」的根源。

父親去世以後，母親正式接管家事。她的溫和，忍耐，堅毅，吃苦，對子女的尊重，便我們對她懷著敬愛的心。我忘不了父親去世以後，母親第一次把四個子女叫到身邊，用欣賞的眼光含笑含淚對我們說話的神態：『從此以後，就要看你們自己的努力了。我會幫助你們。』

我們家裡的衣裳一向是「包」給人家洗的，所以每天下午大家洗過澡以後，父親就「訓練」我妹妹把所有的髒衣服集中起來，「訓練」我弟弟一邊「點」衣服一邊唱：『「父內上下二」，「禮外上一！」』這些「簡語」都有含義。「父內上下二」是「父親的內衣內褲合計是兩件」。弟弟名字叫「禮」。「禮外上一」是「阿禮的外衣上身一件」。我的任務是記錄，把弟弟所念的都寫在一張單子上，並且填好日期。

第二天，洗乾淨的衣服送回來了。弟弟的任務是一邊「點」，一邊念。我的任務是在單子上打「勾」。點完了以後，我宣布一聲：『全收到！』然後大家拿了自己的「內上下二」去洗澡。

父親去世以後，起初我們都不敢相信母親會有力氣去提水，去洗衣服，但是母親全做到了。她不再買由菜販親自送到家門口來的「價格加二成」的蔬菜，寧願自己每天上菜市場去買。她打掃屋子，整理房間，處理債務，編製家庭預算，聽取初次出去做事的子女回家的「傾訴」，成為家裡最忙的人，很快的「建立」了重要人物的地位。

我每次回憶我「青少年期」的生活，「記憶的舞臺」上最活躍的人物就是我母親。

我用這一段「令人心中充滿溫暖的往事」，來說明我對「忙」的看法。我相信只有「忙」，才能使一個人成為「重要」。這也就是說，只有「忙」，才能使一個人發揚生命的價值。

我對世界各地的新生物「嬉皮」，竟用「閒」來爭取別人對他們的重視的方式，覺得非常驚訝。他們確實已經得到了另一種「重視」，但是他們並不快樂。他們真正想爭取的是對這世界的「參與權」，但是他們真正得到的卻是「更使他們傷心憤怒」的「憐憫」跟婆婆媽媽的「關懷」。

他們都有「太能幹」的父親，「太能幹」的母親，「太能幹」的長輩，「太能幹」的老師跟校長，甚至家裡有的還有「太能幹」的管家。這種事使他們完全失去自尊心。他們不願再過「被安排的日子」。

其實他們要得到快樂是最簡單不過的事情，他們只要找一件事來「忙一忙」就成了。他們所缺乏的是創造「值得做的工作」的才能。他們可以幫許多人的忙，但是他們看不見。

我最喜歡觀察群體裡那些受人重視的重要人物的特質。我發現他們都有「為自己創造工作」的天賦。他們都是未來的主管跟專家，參與群體事務幾乎成為他們的「天賦特權」。

另外一種人是除了輕輕鬆鬆做完自己「被規定」的工作以外，不願再做其他。他們最痛恨工作不夠輕鬆，最不喜歡「忙」。他們永遠沒法子成為重要人物。

我最喜歡跟一群忙得抬不起頭來，嘴裡還念叨『值得做的工作實在太多了！』的人在一起工作。跟這樣的朋友在一起工作，能不斷的增進自己的才能，能獲得較佳的機會，能使自己更受重視。雖然未必就能「立竿見影」的增加自己的收入，但是憑著這「忙中練就的本領」，不但早已使自己「精神上非常富有」，而且也確實具備了「賺錢的潛力」，遍地黃金，俯拾即是，一旦改行「賺錢」，成績一定非常可觀。

當然這只是個比喻。我認為一個有才能的人，以一生的時間，專幹枯燥乏味的

「賺錢」一件事，是大大的受委屈。一個有才能的人，該做的工作是「有意思」的工作，固然也賺錢，但是不能沒有「意義」。如果「錢」能使一個人「重要」，那麼，「工作」更「能」。如果「錢」真能使一個人「重要」，那麼那重要性也全在他的「拿出錢來」，並不在他的「收進錢去」。

「忙」能使一個人「重要」，使一個人發揚生命的價值，這就是「幸福」的開端。

我從開始做事以來，很少「今日事，今日畢」過，因為我的工作太多，永遠做不完。對我來說，只有「此生事」，沒有「今日事」。我發現「忙」的另一樣「價值」是可以修養一個人的品格，使他接近「聖賢」的境界。

我常常在忙得抬不起頭來，忙得幾十件事情「緊緊擠在一起」的時候，偏偏有人忽然光臨，責備我「太懶」，責備我「什麼事情也沒做」。當然他的意思是指我忽略了他希望我幫忙的事。對「他」來說，我確實是「一件事也沒做」；但是對其他的幾十個「他」來說，我確實做了不少事情。

遇到這種情況，能夠含笑忍受，能夠不因為自己「夠忙」而發怒，能夠寬恕別人的無禮，這就是聖賢工夫了。

我還發現「忙」的「又一樣」價值，就是能使一個人的氣概，接近「豪傑」的境界。

一個人在極度疲勞的時候還能維持腦筋的清醒，在極度緊張的時候還能保持冷靜，在「跟時間賽跑」的時候能不焦躁，在發生錯誤的時候能不推諉過失，在遇到阻力的時候能不心煩，在別人言行偏激的時候能夠壓抑自己的脾氣，這就是大英雄的本色。這種以無比的耐心克制「精神崩潰」的工夫，只有豪傑才辦得到。

世界上有一樣「東西」，能使一個人不靠錢財，不靠地位，不靠威權，自自然然的，赤手空拳的成為出眾的人物，成為聖賢，成為豪傑，那就是「忙」。

一個人能夠胸中充滿聖賢豪傑的氣概，在現實生活中能真正受人重視，得人敬愛，這不是「幸福」是什麼？

對我來說，「忙碌是幸福」這句話一點兒也不錯。

卷三

忍耐的科學

談「沉默」

「語言」是「人的聲音」。不過，從「聲音」的角度來觀察，能顯示一個人的存在的，除了「語言」以外，還有「非語言」的部分。

有一次，我到一個朋友家去「一起寫稿」。我指的並不是「集體寫作」那一回事，那一天是：我到他家，本來是預備跟他談些話，大家高興高興，然後回家。這種樂趣是人類才有的；如果是狗，「我們」就只能彼此沉默的用鼻子互相聞聞就算完了。可是那一天他要寫稿，問我是不是也有稿子要寫。我是有一篇稿子要寫，所以他就「撥」給我一個小房間，一張小桌子，一疊記錄思想的稿紙，一枝原子筆。

我在「我的小房間」工作的時候，聽他在鄰室掀開茶杯蓋兒喝茶，挪動椅子，輕輕的咳嗽，翻參考書，在香菸紙包裡掏香菸，使用打火機，抓頭，去一趟廁所又回來，刷刷刷的運筆，殺殺殺的抹掉失敗的句子，站起來踱步。我深深的感覺到，能顯示一個人的存在的「聲音」，並不只限於「語言」。因此，我說語言是「人的聲音」，就顯得有點兒籠統。更恰當，應該是：「語言是思想的聲音」。

更深入一層觀察，「語言是思想的聲音」也不恰當，因為人類並不是「一思想就必然會發出聲音來」。如果真是那樣，這世界一定很「吵」。人可以「只思想，不說話」，就像他能「只思想，不寫作」一樣。說話，是一種「表達」行為。一個人的思想，可以向人表達，也可以不向人表達。「語言」，它就是那「表達思想」的聲音。

我們喜歡把一個「不說話的人」叫做「沉默的人」。一個沉默的人，不對人表達自己的思想——不用「聲音」對人表達自己的思想。不過，他也許一寫就寫了一萬字！他捨棄這一種工具，選用了另一種工具。

「沉默的多數」，每天上班，買菜，做生意，跟朋友談天，不曉得說了多少的話，用錄音帶記錄下來不曉得該用多少捲。「沉默的多數」很可能竟是每天說話最多的人。他們的沉默，只表現在「對公眾的事情不公開表示意見」這一點上。「沉默的多數」幾乎個個有職業，對本行的事情懂得不少，整天都在說行話，只是不慣於對他們所「外行」的政治公開表示意見罷了。

「沉默的多數」，一談起「本行」的大道理來，個個都是出色當行的「話最多的人」。我們不必對「字面」拘泥，一心認為「沉默的多數」是一群低著頭，閉著嘴，默默走路的人，像一幅漫畫所畫的那樣。那就大大的侮辱了大家了。

我聽兩個學國學的朋友辯論「恕」這個字的正確含義，眼看他們面紅耳赤，臉紅脖子粗，有時候拍案，有時候拂袖，但是，我只好保持沉默。我保持沉默，是因為我插不上嘴，不能有更高明的意見。並不是我心中早有「成竹」，故意不說；那樣是不誠實，也不誠懇的——除非是我太累，真正的沒力氣說話，不然的話，那樣的行為是不可原諒的。

反過來說，在那種情況中，如果竟有人非逼我說話不可，大家可以料想得到我只好說出些什麼話來：『好了好了，不要吵了。大家是多年的好朋友，何必為一個不相干的字，傷了彼此的感情。我請大家吃館子。算我倒楣，誰叫我偏偏在你們吵架的時候碰上你們。』

讓一個外行的人保持沉默是應該的，除非你有心叫他破費。

我聽一個有經驗的機械師講解一部機器的構造的時候，我是沉默的。我沉默，很顯然的，並不是我對那機械師抱反感，也不是「幸災樂禍」的等著瞧那可憐的機械師嘗一嘗「言多必失」的苦果。我的沉默，是因為我正忙著「吸收」。如果我竟在那個時候急著「也」發表我自己的意見：『等一等，你先聽我講。我對機械是很有興趣的，我家裡有一個烤麵包機。烤過的麵包比不烤的麵包好吃多了。最近麵包漲價了，你知道嗎？……』這種「不沉默」就很可惡了。

我承認我有時候是沉默的，但是那沉默是「體諒別人的痛苦」，是一種美德，一種良好的習慣。我的朋友正在專心工作的時候，我是沉默的。我不願意故意挑那個時候，向他熱烈的表達自己的思想。

我的朋友在寫稿，我通常喜歡拿一本書坐在旁邊看。兩個人這樣「親近」一會兒以後，我站起來默默的走開。『走啦？』他說。

「誒。」我說。

人跟人的親近，人跟人互相表達誠摯的友情，有時候確實很像狗，「彼此互相聞一聞」就夠了。在這一方面，狗跟人一樣高貴。

在我專心工作的時候，我是沉默的。一邊唱歌一邊推剪草機是可能的。一邊唱歌一邊擦皮鞋也是可能的，但是一邊唱歌一邊寫稿是不可能的。我的沉默是因為我的大腦「忙著做事」；雖然我身體的其他部分並不忙——寫稿的人並不渾身顫動。

我的特殊本領是：只要允許我有「不回答」的自由，我能一邊寫稿一邊聽話，因為寫稿的時候耳朵是閒著的，而且大腦的「錄音」部位跟「思想」部位是不互相衝突的。

在我最忙的時候，我的最親近的朋友常常跟我一談就是一個鐘頭。他談他的，我保證能一字不漏的聽進去。我寫我的，保證文思一點兒也不亂。不過，他要是忽然提出一個問題：『你的電話號碼是「多少」？』那就要前功盡棄了。在我最忙的時候，我跟我的最知心的朋友，常常在「諒解」的氣氛下用這種「實際上是無害」的方式互相親近。在那種情況中，我的朋友所發表的最精采的談話，我至今還能記得。

『你寫你的，我說我的。』能跟朋友作這樣親切的安排的，朋友之間能這樣互信不疑的，在人間，實在是少數，幸福的少數。

在聽朋友報告旅途有趣見聞的時候，我是沉默的。在聽專家剖析一個問題的時候，我是沉默的。在聽小孩子敘述驚奇經驗的時候，我是沉默的。在聽別人發表意見的時候，我是沉默的。在聽別人傾訴痛苦的時候，我是沉默的。我的沉默，表示「吸收」，表示「接受」，表示「同情」，表示「尊重」。如果說「沉默是金」，只有在這種情況下的沉默才是。

我們不應該濫用沉默，因為沉默的基本性質是「不向人表達自己的思想」。沉默的本身含有「霧」、「謎」、「疑惑」、「不安」、「逃避」、「緊張」的不良質素。為沉默披上「玄學」的外衣，「神祕」的外衣，並不是很合適的作法。它常常造成人與人之間的不和諧。

兩個朋友瀕臨爭吵邊緣，「彼此少說兩句」的那種沉默是必要的。拙於言辭的人的沉默，是值得諒解的；何況他還有令人敬佩的其他的優點。氣得說不出話來的沉默是自自然然的，不必給它染上哲學的色彩。

我的父親對我的教訓是：蒙冤或者受人構陷的時候，不要迷信什麼「偉大的沉默」；應該拿出勇氣為自己說話；至少要以完整的人格做後盾，冷靜的說一句：『我、沒、有！』

一個人進入了「思想的世界」，必然是沉默的。這跟生理構造有關。因此，我們不必讓榮耀歸於「沉默」。我們所應該讚美的，是那活活潑潑，充滿生機的「思想」。

談「說話」

除了童話作家以外，我們都無法相信兩隻狗會坐在巷子口，一邊曬太陽，一邊談天，一談就是兩個鐘頭。但是，我們也無法否認狗社會裡是有一種「最廣義的語言」存在著的。

一隻看家狗看到一隻過路的狗經過大門前，就會狂吠大叫。我們可以大概體會出那叫聲所包含的意思，用中國的語言翻譯出來，離不開：『離遠點兒，這是我們的地方，不是你的地方。離遠點兒！』或者是：『這個房子裡已經有我在，你休想再進來。你休想！』

兩隻狗在街上碰頭，也會相對大叫，互相示威。那意思，我們也可以作摩得出來。這一隻狗說的是：『你有勇氣你就過來，我要讓你知道我的厲害！』另外一隻說的是：『你有勇氣你就過來。你敢過來，我就咬你一口！』

這一番描寫，只不過是一種推測。實際上，狗的的語言是很簡陋的。對狗來說，牠們的語言裡並沒「你有勇氣你就過來」，「你有骨頭你就過來」，「你有膽子你就過來」，「你有種你就過來」的細微差別。牠們也無法區分「我就咬你一口」，「我就咬你兩口」，「我就咬你三口」。牠們的語言只能表達幾種簡單的或者基本的意思。跟人類的複雜語言相比，我們有理由說狗的語言「根本就不是語言」。

一想到我們的語言，不由得我們不「心中充滿感激」。在所有的動物中，只有人類才能享受說話的樂趣。這種樂趣，至少要包括互相表示友愛的「談天」，跟細膩表達個人特殊感覺的「文學」在內。

一個「鐵石心腸」的朋友，有一次分析了三個「人類才有」的「談天」內容。他下結論說：『我完全想不通他們為什麼要說那些話！東一句西一句的，根本是無聊！』他認為「談天」是沒有意義的。他聽「談天」的心情，就像一個「有急事要打電話」的人，聽公用電話亭裡那個不停說著「你猜我是誰」的女孩子的談話一樣心煩。

他所犯的錯誤，是以「最狹義的實用的觀點」來評判「談天」。如果他有機會旁聽五六歲的小孩子的「談天」，我相信他會更心煩。

我有一份記錄。孩子的談天方式是這樣的：

『李大中！』

『陳桂華！』

『我有一個洋娃娃。』

『我有一個呼拉圈。』

『我爸爸去上班。』

『我爸爸也去上班。』

『我媽媽買雞給我吃。』

『我媽媽買粽子給我吃。』

『我做了一個夢。』

『我沒做夢。』

『蜘蛛有八隻腳。』

『魚沒有腳。』

『我要回家了。』

『我也要回家了。』

這才是「談天」的最基本的形式。成人的「談天」雖然語句的構造複雜些，內容也豐富些，但是離不開這基本形式。

我的朋友認為這是沒有意義的。他完全錯了。如果我們承認「人跟人互相表示友愛」是一件很有價值，很有社會意義的事，那麼，我們就同時也得承認「談天」是意義豐富的。社會的和諧合作，要靠友愛的精神。人類習慣「通過語言」來表示友愛，那種行為，就是「談天」。

學習一種外國語，通常由「打招呼」、「問路」、「問價錢」學起；不過，如果學習者永遠學不到用那種語言「談天」的本領，他的學習就永遠不能算「完成」。對語言來說，「談天」是一種相當高級的活動。

再談文學。

如果以「最狹義的實用觀點」來看文學，那麼，文學也應該被列入「最沒價值的語言」之一。有這種「實用」偏見的人，會認為把〈琵琶行〉精簡成「白居易聽一個女人彈琵琶」，或者把〈長恨歌〉精簡成「這個皇帝跟楊玉環很要好」的話，大家並沒損失了什麼。那些「大珠小珠落玉盤」、「在天願作比翼鳥，在地願為連理枝」，都應該算廢話，因為它「把讀者帶到離事實太遠」的地方去，使讀者「感到迷惑跟困擾」。

太重「事實」的人，通常都忽略了人類精神上另一方面的需求。在長期使用語言的經驗中，人類發現語言除了能「報告事實」以外，還能使人「感動」。人類喜歡「享受」那種「感動」，所以也就特別歡迎那種「能感動人的語言」。這就是文學。

我們都知道純粹的「事實」很少是能感動人的。「一個有機體，從三十公尺高的地方落在地面」。這樣的話，你會以為是「物理實驗」。可是，「八樓一個三歲大的小孩子，午睡醒來，自己下床，推開通陽臺的門，爬上陽臺的欄杆，顫顫巍巍的站直了身子，高舉雙手，想走到下面的馬路上去」。這樣的話，就會使你戰慄，因為它刺激了你的「想像」。

下面是兩個「描寫剛學會說話的幼兒心理」的句子。

第一個句子是：『他注意到，只要喊一聲爸爸，爸爸就會回過頭來跟他笑。他覺得這是很有趣的。』

第二個句子是：『他注意到，只要喊一聲爸爸，「那個他所喜歡的大男人」就會回過頭來跟他笑。他覺得這是很有趣的。』寫第二個句子的人，「描寫了更細膩的感覺」，所以第二個句子也比第一個句子有意味。

我們有理由相信狗的「語言」裡，不可能有這種「釀造意味」的文學活動。文學，是人類語言的最高級的活動。

語言學家說：我們差不多可以認定，人類的一切活動，都有一最後的目標，那就是「用語言把它表達出來」！最有趣的例子是簽訂條約。兩個友好國家「友好」到極點的時候，就會簽訂友好條約，那就是「用語言表達」。

甚至連簽字，蓋章，也是一種「語言表達」。大家會很吃驚的發現，羅密歐跟朱麗葉，賈寶玉跟林黛玉，他們的愛情，在基本上，實在是一種神聖的「語言的交換」。

無論中國或外國，都有生活經驗非常豐富，思想特別深刻的賢人或智者，勸告「跟他說同一種語言」的人要「小心說話」。他們常常舉出許多可怕的事實，警告大家要「慎言」。那些令人戰慄的格言、金言，很容易使人產生「說話等於玩火」的錯覺。如果我們對「說話」真抱著那種態度，就要喪失許多人生的樂趣，甚至是全部人生的樂趣。

我認為上帝既然把語言「只」賜給人類，我們就應該充分享受這種「恩賜」。我們所應注意的只有一點，那就是「不用語言去做壞事」，就像我們「不可以用手去做壞事」一樣。只要注意這一點，就已經很夠了。

向人請安問好，跟人說「謝謝」、「對不起」，你還躊躇什麼？你最好跳過那「三思」的階段。

我並不否認有些人因為「愛說話」把很好的事情弄糟。不過這種人的病因並不是很難找得出來的：他們都缺乏自信，心理上都有「愛誇耀」的不良傾向。

談「生氣」

「生氣」的那個「氣」，很顯然的並不是一種「氣體」；人生氣的時候，也並不是把體內的某一種氣體向外噴。

心理學家對生氣時候的生理現象，有相當詳細的觀察和記錄；對於生氣所能產生的對自己的不利影響，也有相當詳盡的描述。至於一個人生氣的原因，內容卻相當複雜，而且隨人而異，要想談他一談，實在並不簡單。

人的「生氣傾向」的強弱，跟他生理狀況的好壞成一種反比關係。容易生氣的人，生理上必定有什麼不對，也許是牙疼，也許是頭痛，也許是關節炎，也許是失眠，也許是鬧痔瘡，也許是感冒，也許是胃病，也許是中耳炎，也許是便祕，也許是香港腳又犯了，也許是脖子上長了一個很厲害的毒瘡。反過來說，那些跟生氣無緣的人，不管是胖是瘦，大半身體機器都沒什麼毛病，像一座新買的鐘，走得好，雜音少，一切順利。舊觀念認為瘦子易怒，胖子脾氣好，其實這也是錯的。我們發現許多彌勒佛型的胖子，滿臉紅光，偏偏脾氣火爆，這是因為他們不幸都是高血壓患者。

人的「生氣傾向」的強弱，也跟著遭遇的順逆成一種反比的關係。容易生氣的人，大半都是逆境中人或「倒楣人」，也許是經商失敗，也許是子女不長進，也許是收入不足，也許是負的債太多，也許是夫妻失和，也許是跟朋友鬧意見，也許是受人誤會，也許是受人侮辱，也許跟人結仇，也許是遇到災禍，也許是所謀不遂，也許是理想破滅，也許是空中樓閣倒塌，也許是失戀。反過來說，神不知鬼不覺的中了愛國獎券的人，意外的繼承了某一筆遺產的人，地價飛漲中的土地擁有人，還清了一筆榮譽債的人，忽然成名的人，突然成功的人，跟仇人言歸於好的人，夢境成真的人，戀愛得很順利的人，大半脾氣都好，遇到嚴重的事情都能含笑運思，任憑你使出什麼招數都不能把他激怒。

人的「生氣傾向」的強弱，跟心情的「緊張度」的高低，卻又是一種正比的關係。心情越緊張的人越容易生氣，心情越輕鬆的人叫他生氣卻難。這一點，特別值得我們留意，因為它跟現代人的生活形態有很大關係。現代人對「時間」的體認，越來越敏感。一個「單位時間」裡的活動密度，比從前大十倍、百倍。在工業時代以前，你聽到一個人在正月裡說：『等過了中秋節再商量。』你並不覺得奇怪。但是一個現代人可沒有這份福氣。他很可能在某一天早晨，不管死活的給自己開列一張上午要辦的十件大事：送孩子上幼稚園，買菜，到醫院給另外一個孩子掛號，打一個電話約一對夫妻晚上來家裡打牌，坐計程車到殯儀館去參加公祭，叫木匠來家裡修理大門，匯一筆賀儀給在南部結婚的老同學，上班，利用辦公時間給一位學者朋友寫一封借書的信（太忙了，不得不利用辦公時間），請假回家帶孩子去醫院看病。在這種情況之下，肚子裡的「氣」就很容易向外噴。疲勞，緊張，怪可憐見兒的。

這一天上午，如果他跟公共汽車的車掌嘔氣（在送孩子上幼稚園途中），如果他跟市場賣菜的吵架，如果他跟醫院掛號處的女職員發火，如果他摔電話，如果他跟計程車司機「不愉快」，如果他跟木匠生氣，如果他匯款時跟郵局職員吵嘴，如果他跟同事拍桌子或跟長官頂嘴，如果他寫信時撕破了十幾張信紙和八個信封，如果他鐵青著臉指著鼻子罵醫生，並不是值得奇怪的事。如果他不那樣，反倒值得驚奇。這就是可憐的現代人的生活。

現代人在科學發達的「值得驕傲的時代」，過的卻是這種生活，想起來怎不叫人心酸？

更可憐的是，這種可怕的生活節奏，在無形中改變了人的心理，使許多人錯認「製造這種緊張局面」才是一種現代式的「有為」，結果「聲嘶力竭」、「滿眼紅絲」、「青筋暴露」、「臉色鐵青」成為現代人的統一面容。

其實，避免這種違反自然的生活，並不是沒有辦法。在日常生活裡，儘管培養「眼光獨到」的獨特的生活趣味，敢於「不隨眾」，敢於面對大家所恐懼的「現代孤單」，敢於在大家的面前承認：昨天人人毫無例外的都在電視機前面圍觀白雪溜冰團表演特技的時候（那是誰也不敢不看的），我正在讀一本有關中國語法的書。

在工作方面，事業方面，要以理智代替激情，要以「寅時做卯時的事」來代替「老趕」。現代的傑出的事業家，都是在八月的驕陽下製造溜冰鞋的人。等到小腳色們在冰天雪地裡趕夜工製造冰刀，他又已經在召集專家，設計明年的最新型的泳裝了。福特汽車並不在聖誕夜才奮起設計明年的新型汽車。

我們可以運用這種事業家的智慧，來安排我們的「雜事千萬件」：在電風扇旁邊打毛衣，在截止日期的前十天「忙著」繳稅，把「可以再拖幾天的事情」假裝不能再拖。反正誰也躲不開那個「忙」字，但是我們實在可以辦到「雖然忙得滿頭大汗」可是並不「差點兒急出病來」。這才真正的是「手忙心閒」，「腦忙心安」。何必非等到急得連解腰褲帶都來不及的時候，才奮起衝進茅房？為什麼不來個「定時大便」兼享受「坐讀」或「蹲讀」之樂？

這種現代的生活智慧，這種老子所說的「為之於未有，治之於未亂」的道理，可以大大「削減」緊張局面的出現，也就是大大的降低了我們的「生氣」的可能。

人是很有趣的動物，越是愚笨，越不容易生氣，也越幸福；越是聰明，越是心眼兒多，「值得生氣」的事兒也越多，因此也越不幸福。愚笨的人，除非你拿棍子敲他的腦袋，不然他不會生氣。文盲永遠不會為「打筆仗」生氣。聰明人就不然，別人的「出現」他可能生氣，別人的「缺席」他也可能生氣。中國文學世界裡聰明絕頂的女子林黛玉，一天到晚都在生氣。

讓我們以自己的聰明去跟笨人學，學會一種「聰明的麻木」（理性的堅強）。如果我們不能比笨人更幸福，至少也應該跟笨人一般幸福。

談「訴苦」

大人遭遇到不如意的事，就像小孩子發現院子裡來了一隻鄰家的黑貓，第一個衝動就是去告訴別人。

小孩子發現黑貓，偏偏禁止他聲張，他一定很難受。大人遭遇到不如意的事，偏偏禁止他找人訴苦，這種難受，比「不如意事」本身所給他的還要深。

訴苦是人類天性中的大毛病之一。從文學的觀點來看，這種毛病，恰好是創作的泉源。沒有「訴苦」，也沒有文學了。可是在現實生活裡，「訴苦」卻會給人帶來麻煩和苦惱。

有一個笑話說：如果你遇到不幸的事，千萬不要去找人訴苦。因為你的聽眾，必有一半對你的話不發生興趣，另外一半，為了種種理由，必會認為你的遭遇是因果報應。在這種情況之下，一個遭遇不幸的人，如果再去找人訴苦，等於再遭遇到一次更大的不幸。

勸人「有苦不要訴」，似乎是不近情理。不過，從種種後果來衡量，這種勸告實在是善意。

世界上真正喜歡聽人訴苦的，只有採用精神分析方法的心理治療醫師，因為這跟他的收入有關。這種「訴苦」所以被接受，原因是「訴苦人」已經，或者準備，付出相當的代價。

前面這個簡短的分析，說明了「訴苦」不受歡迎的本質。什麼時候你希望別人接受你的「訴苦」，什麼時候你就得準備付出代價。

「隱私蒐集者」可能也很喜歡接受別人的「訴苦」，不過這種人是非常自私，非常殘忍的。他對你的苦並沒有真正的關切，他的興趣，集中在你的「免費供給私人的祕密」上。你訴說得越多，他興致越好。有時候他會用簡短的話，在恰當的時候給你恰當的刺激，使你的「訴苦之泉」繼續汩汩湧出。等到你訴完了苦，覺得心裡好過得多的時候，你會忽然發現已經成為他的俘虜。你的靈魂，歸他掌握。這就是你付出的代價。

即將舉行婚禮的人，常有一種「暫時的心理變態」，那就是以為自己的婚禮是世界上唯一的最重要的事件，不但遠山應該含笑，天使應該歌唱，而且人人應該為這個大喜訊而興奮歡呼。等到後來發現竟然有人因為腳上長了雞眼而不參加他的婚禮的時候，想起自己的終身大事還不如人家腳上一個雞眼，未免要憤慨幾天。可是再等到自己成家立業，偶然因為長針眼或便祕，也沒去參加別人的婚禮的時候，才知道現實人生的真相：自己婚禮的重要，只是一種主觀的誇大；在別人眼中，那只是千百宗婚禮中的一宗罷了。

訴苦的人，也有這種「暫時的心理變態」。他總以為自己所遭遇的苦，是人世間唯一最苦的苦事，值得好好兒抓住幾個人，好好兒的訴他一訴。可是在別人耳中，苦經聽多了，那一篇訴苦人自以為可以震撼人心的苦經，「聽訴人」早把它當作看膩了的電視廣告，背都背得出來了。訴苦人念苦經正達高潮的時候，一旦發現對方忽然關心起『水開了沒有？』『後門關了沒有？』的時候，必定也會非常憤慨。

訴苦人在憤慨的時候，偶然也會埋怨對方對他不關心。他所得到的答覆會使他吃驚，會完全在他意料以外：『我不關心？到底誰不關心誰？你光知道找我訴苦，我一肚子苦該找誰訴去？你倒要告訴告訴我！』

訴苦人最大的荒謬，就是先以為世界上的人的遭遇，以他為最苦。這正像過度興奮的結婚人一樣，以為除他以外，世界上的人都不結婚。

事實上，世界上每一個人肚子裡都有苦，如果有苦必訴，人人都是合格的訴苦人；如果有苦必訴，這世界必定一片苦聲。

幸好我們發現，這世界上的人並非全體有訴苦的傾向。許多堅強的人，並不喜歡訴苦。他們都知道有苦不訴，反而能凝聚自己的精力，化為一股力量，去面對現實，去檢討自己的過失，去解決問題。

一個生病的人，最要緊的是把病治好而不是訴苦，訴苦並不能治病。

一個美滿的家庭，是互相「關懷」出來的，互相「容忍」出來的，並不是互相訴苦「訴」出來的。

大事業是「幹」出來的，磨練出來的，並不是訴苦訴出來的。

居禮夫人發現鐳，是絞腦汁「絞」出來的，做實驗做出來的，也不是訴苦訴出來的。

甚至，文學固然是一種苦悶的象徵，固然是源於訴苦的傾向，但是一部文學作品的完成，要靠「想」，靠「寫」，並不能只靠找鄰居訴苦。

從各種角度去觀察，我們發現「訴苦」實在是一種「對努力的逃避」和「對責任的逃避」。「訴苦」是一種「失敗之音」。

從心理學的觀點看，一個人遇到「苦」，覺得不好受，就去找人訴一訴，使心裡好受一點，獲得一種適當的發洩，可以避免心理變態，是一種心理衛生的方法。不錯。可是這種方法並不能真正的消滅那個「苦」。更有效的方法是關閉了「訴苦之門」，以有恆的努力，堅定的信心，征服了那個「苦」，把那個「苦」移走，這才是真正的大衛生。

不訴苦的人並不是肚子裡沒有苦，他只是以「吃苦」代替「訴苦」罷了。強者都是不訴苦的。強者就像水壩，攔住「苦惱」像攔住洪水，再利用那洪水發電，化為力量。只有弱者才會有「山洪暴發」。

談「埋怨」

「埋怨」在家庭生活裡是很普通的，就連最和美的家庭也都有「埋怨」存在。這是因為我們早就把「埋怨」發展成一種「抒情的方式」。

丈夫有了成就，太太為了向「不斷發出讚美」的賀客表示謝意，就在大家面前埋怨「做事非常努力，才有今天的成績」的丈夫，說：『他呀，生來就是那個古怪脾氣，一忙起來就連家也不想要了！』

這句話的表面，是指摘丈夫「脾氣古怪」而且「不愛家庭」，但是骨子裡實在是跟賀客相呼應，真正的含義是：『你們這樣讚美他，我心裡非常感激。其實，我也覺得他是一個值得敬佩的人。』

「埋怨」除了是一種相當「細膩」的抒情方式以外，它同時還是一種相當「複雜」的抒情方式。

夫婦共同商議妥當，高高興興的去買了「一點股票」，結果押寶沒押對，「並不很嚴重」的賠了一點錢。太太說了：『當初我勸你別買，你偏不信！』

先生也說了：『唉！』

其實，不但先生知道，連太太自己也知道，當初根本就沒有「我勸你別買」這麼一回事。不過，先生知道太太只有採用這種方式，才能夠吐露心中鬱積的悔意。太太也知道，跟她共患難的丈夫像一座山，像一塊大巖石，是有足夠的氣度接受這一陣哀怨的微風、輕風，不至於受到什麼真正嚴重的傷害的。

先生的一聲「唉」，等於說：『我何嘗不難過。』也等於外國電影裡那種「劇本裡的丈夫」最喜歡說的充滿溫情的話：『哭吧，親愛的，痛痛快快的哭一場。哭出來心裡舒暢些。』

他們夫婦兩個，在「投資失敗」以後，用「埋怨」這種特殊的方式來互相傾訴心中的悔恨。

如果我說：『世界上沒有一對夫婦不是互相埋怨的。』我並不覺得我說錯了什麼話。我的話等於說：『夫婦是一體的。世界上無論哪一對夫婦，沒有不是把你的心當作我的心，我的心當作你的心的。他們互相埋怨，差不多就等於一個人內心裡「第一自我」跟「第二自我」在那兒互相傾訴。』

兩個各自獨立的個體，在「埋怨」中竟成為「一體」。這是夫婦情分最高的境界。

人跟人的關係中，「夫婦」最親密。但是，如果人類單單只強調這種「親密關係」，一個很大很大的社會就沒法子凝成。一夫一妻沒有足夠的力量去打倒一隻龐大的野象。打倒一隻野象，要靠一群精壯的標槍手、弓箭手。人類在狩獵的時候，不靠「一對相親相愛的夫妻」，靠的是一個「由全體可愛的丈夫編成的隊伍」。

我認識一對明智的「夫婦朋友」。在家庭裡，他們很親愛；但是站在工作崗位的時候，他們互相「疏遠」，先生不敢管太太的事，太太不敢管先生的事。這是因為他們怕「這種關係」破壞了「那種關係」，會造成「不和諧」。他們彼此有共同的認識：如果太太大模大樣的把先生的事也拿起來管，就跟先生走進太太所主持的婦女會，要求「所有的太太」都對他服從一樣可笑。

這個比喻，說明了「埋怨」的真正性質。在一般的家庭裡，「埋怨」是很細膩複雜的抒情方式之一；但是走出紫藤覆蓋的家門，「埋怨」成為一種不良的習慣，嚴重的影響了「人際關係」的和諧。

一個喜歡埋怨的人，常常成為「最不受歡迎的工作同伴」。這種人通常是人際關係最差，事業成就也非常有限。

我有一個當主管的朋友，有一天垂頭喪氣的跟我說，他想「辭掉不幹」，因為這種叫做「主管」的職業給他很大的苦惱。原來是他的工作單位裡，出現了幾個喜歡埋怨的人，對工作，對職務，對待遇，對天氣，不停的埋怨，除了「左手端著熱茶杯，右手拿著報紙夾」的時刻以外，幾乎是「沒有一分鐘不在埋怨」，使他覺得自己渾身都是「不是」，使一切工作都沒法兒推展。他說，他想換另外一種比較輕鬆的，「根本沒責任」的叫做「職員」的職業。

我說：『要是你偏偏又遇到一個喜歡埋怨的主管呢？』

他笑著說：『那我就走上絕路了。』

「埋怨」給人的痛苦，幾乎是沒法兒形容的；夫婦之間非「親密的抒情」的另外一種埋怨，也包括在內。

父母聽到子女嘴裡說出『只怪我們家太窮。』這種話的時候，沒有不心碎的。子女聽到父母嘴裡的『誰叫咱們家的孩子沒出息。』的話，沒有不痛哭的。

我的一個在「喜歡埋怨的主管」底下輾轉呻吟的朋友，氣色永遠是那麼壞，胃病也永遠治不好。他描寫他自己的「苦命」說：『十幾年來，我永遠沒有做「對」一件事情。十幾年來，他永遠沒有心甘情願的稱讚過我「半句」！我永遠不對。尤其是在他不幸感冒，扁桃腺發炎的時候，我更得當心，他會把他的事業不能開展的原因，全推到我一個人身上。』

我勸告他：『你何苦跟這種人在一起過這種「非人的日子」。你應該趕快離開他！』

他「反應敏捷」的，即刻指出了我的錯誤，說：『那不行！他會埋怨我忘恩負義。』

我所認識的朋友當中，凡是能高高興興、平平靜靜的從事人生的奮鬥的，大半「人際關係」都非常良好。他們的共同特色是：不埋怨太太，不埋怨子女，不埋怨老師，不埋怨弟子，不埋怨長官，不埋怨屬員。他知道自己應該怎麼做。他從來沒遭遇過「別人都不肯怎麼樣」的難題，因為他知道怎麼使別人「肯」。他可以不必依賴「埋怨」，他用其他的方法。他知道「埋怨」只有使別人「更不肯」。

「埋怨」是一條人人喜歡鑽的「死衚衕」。條條大路通羅馬，只有「埋怨」這條路不通。

發達的事業是由一群和諧的人造成的。我親眼見過「埋怨」埋葬了一個事業的悲劇。

合力造成發達的事業，完成偉大事功的，通常都是一群和氣謙虛的絕頂聰明的君子。他們的「絕頂聰明」，表現在：事業遇到挫折，工作發生嚴重錯誤的時候，群體中竟找不到一個氣紅了臉，氣綠了臉，氣白了臉或氣黃了臉的小丑；挺身站出來的是一排排，一個個承認「錯誤是我造成」的君子，而且即刻分頭努力，設法補救。「挫折」跟「錯誤」，使他們更團結，也更發達。這就是「不埋怨」造成的奇蹟。

如果我是一個大事業的領導人，我要做的事就是把所有「我們所造成」的最嚴重的錯誤，最失面子的失敗，最令人心痛的虧損的責任，都往我身上攬。我能夠預見：在我的競爭對手正在哈哈大笑，拿我當「笑話」講的時候，會忽然大驚失色的發現，他們再也不配做我的競爭對手了，因為他們的事業跟我的事業相比，早已經淪為第二、三流了。

想使自己失敗的人，一定要謹守一個原則：千萬不要讚美人，不要對人表示佩服；一定要不停的埋怨別人，不然的話，你就達不到你的目的。

不過，很不幸的，偏偏有許多人恰巧錯把前面所說的原則拿去當作「使自己成功」的原則。這是很使我吃驚的。

「不講理」的藝術

這個「不講理」不是「蠻不講理」的那種「不講理」。這個「不講理」是一種「愛」，是不忍心去跟自己所愛的人計較誰對誰錯。

有兩句使人動心的話，出在《聖經》，凡是真正愛過妻子，愛過丈夫，愛過父母，愛過子女的，讀了都會有很深的感受。這兩句話就是：「愛是不輕易發怒」，「愛是凡事包容」。

丈夫回家的時候，滿面怒容，臉色鐵青，開門關門都用大力，也不回答妻子的『你回來了？』的招呼。

在這種時候，賢慧的妻子不會去責備丈夫舉動野蠻，聰明的妻子也不會去探問：『這到底是怎麼回事？為什麼拿這種態度對待我？』賢慧聰明的妻子，只給他「一杯茶，一雙拖鞋，和十分鐘的寧靜」，讓他自己去學習忍耐、達觀、鎮定。等他恢復了理智，或者流露出脆弱和傷心，那才是妻子開始去慰問的時候。這就是「不講理」，這就是愛。

妻子常常也會無緣無故的發愁發怒，這是每個丈夫都有過的經驗。其實這是粗心的丈夫忽略了。妻子每次發愁發怒，都是「有緣有故」的。不管你的妻子是林黛玉那麼多愁善感，還是何玉鳳（十三妹）那麼大馬金刀的，都會有心事。重重的心事使妻子發怒，發愁，甚至責罵孩子。

好丈夫不應該馬上問「為什麼」，不應該批評她破壞家庭和樂的氣氛。妻子就是因為長期擔負「維持家庭和樂氣氛」的重擔，現在支持不住了。好丈夫應該再等待十分鐘，妻子就會用辦法暗示丈夫：『人生的擔子太重，我太軟弱。但是我已經想過了，現在好了。』這也是一種「不講理」，也是愛。

父母有時候會對子女堅持一種無理的決定，子女睏了會大哭大鬧，這都需要運用「不講理」的藝術。這個「不講理的藝術」，也就是「容忍」。

有一個《讀者文摘》式的笑話：有一對「七十五歲對七十二歲」的上了歲數的夫婦，請了好幾位共同的好朋友來家喝金婚酒。有一位滿心羨慕的男賀客，把丈夫拉到牆角，低聲說：『你們夫婦兩人，五十年來恩恩愛愛，其中必定有祕訣。請多多指教！』

丈夫聽了，流下眼淚，傷心的說：『恩恩愛愛？您難道還看不出來是我容忍了她五十年？我忍氣吞聲五十年，到頭來還得不到您一句體恤話，人間實在太不公平了。』說完，悲從中來，拿起一根流浪人的木棍，挑起一個小包袱，打開廚房門，悄悄從後院離家出走。

容忍並不是一件容易的事。這位可敬的丈夫雖然創造了五十年的相當高的容忍記錄，但是再沒有耐心面對「第五十一年」，原因是他得不到一般「容忍者」極想獲得的一項迫切的報酬：對方的感謝，或第三者的同情。

這個「出走的丈夫」的笑話，純粹只是一個使人開心的笑話。它的特色是「在幽默感照明半徑之內」的「對女性的顯然的不公平」。

事實上，人生最甜蜜的容忍，應該算是夫婦間的容忍了。夫婦之間除了「誰先占洗澡盆」這一類使人動心的小爭執以外，只要不「不幸出生在帝王家」，並沒有任何利害關係存在。彼此享受互相信賴之樂，彼此互相欣賞對方的缺點，彼此給予對方一點「不合理的權利」；通常彼此也不大講「理」，講的是人間最純淨的「人情」。丈夫傷風感冒，在家裡成了難惹的大孩子，這種場面，「無家之女人」願意拿萬金來交換。太太為小事氣哭了，打了愛兒一小頓屁股，罰小愛女在牆角靜坐思過，這種場面，「無家之男人」願意拿億金來買。這種容忍，不要說五十年，就是五百年也嫌短。誰還捨得「出走」？

《國王與我》影片，暹羅王妃對皇家女教師傾訴她對國王的愛：『我愛他的矛盾，愛他的善忘，愛他的暴躁，愛他的不認錯……。』同樣的話，由丈夫的嘴裡吐露出來，也一樣的適用「合理」。夫婦間的容忍，只是夫婦間偉大的愛的一小部分。「容忍」在夫婦生活裡，是一件愉快的事，也是一件使人心裡感到溫暖的事。不論在現實生活裡，或是在影片裡，沒有人能創造出一對「不必快樂的互相容忍的夫婦」來。如果「有」，那夠多乏味，多假！

但願這種「容忍」，這種「不講理的藝術」，也能擴充到整個社會！

談「忍耐」

「忍耐」一向被人看作「懦夫的美德」。這是因為許多懦夫發現「忍耐」是掩飾「懦弱」的最方便的方式之一，而且「採用」得很「頻繁」的緣故。

這種現象，對另外一批比較聰明的懦夫產生了警惕作用。他們發現「忍耐」已經沒辦法掩飾自己的懦弱，所以他們採用另外一種大發脾氣的「不忍耐」的方式，同樣也是為了掩飾自己的懦弱。

我們可以很明顯的看出來，一個真正的懦夫，不管他採用的是「忍耐」的還是「不忍耐」的方式，他的特徵在「掩飾」。

有些懦夫，因為缺乏規諫朋友的勇氣，所以悄悄披上「忍耐」的美麗的外衣，很容易的掩飾了自己的懦弱。同樣的情形，對一個真正的強者來說，「忍耐」卻不是很容易的。他必須忍耐規諫朋友以後必然產生的後果。那種後果，只有真正的強者才「忍耐」得住。

一個弱者，不論是傷風感冒，牙疼胃痛，扁桃腺發炎的生理上的「弱」，還是情緒緊張，失去信心的精神上的「弱」，他的特徵是發脾氣。二次世界大戰盟軍合圍柏林的時候，那個「卓別林特地演一部電影來批評他」的「上唇有一撮兒小鬍子」的姓「希特勒」的狂人，就幾乎沒有一天不大拍桌子，大發脾氣。但是，看看我們的「謝安」。他在遭遇到相似情況的時候，卻能鎮靜的出兵，並且還能跟朋友安詳的下那種「心亂就下不好」的圍棋。我們不能不讚美他堅強壓制情緒緊張的那種「忍耐」。

我所談的「忍耐」，是屬於「強者的美德」的「忍耐」，這是很顯然的了。在我的心目中，忍耐是一切美德的美德，是美德中的美德。一切的美德，如果缺乏忍耐，就幾乎是「不可能」的。

對個人來說，「勇氣」是值得讚美的美德。但是，勇氣裡最崇高的，並不是由「發達的肌肉」所發出的勇氣。希伯來英雄「參孫」赤手空拳殺死一頭獅子，固然比「多帶著一根哨棒」的武松出色；不過，這種事對他那「巨人型」的軀幹來說，實在算不了什麼。如果你的軀體比他還大，力氣比他還足，你也可能殺死兩頭獅子像殺死兩隻貓。如果壯漢打老虎是值得歌頌的，那麼侏儒打老鼠也一樣值得歌頌。

勇氣裡最可貴的，是「由愛出發」的道德的勇氣：愛真理，愛正義，愛鄰居，愛朋友，愛國家，愛人類。這種愛，並不需要殺老虎或者殺老鼠，但是需要更大的勇氣。這種勇氣，表現出來的是不灰心，不絕望，不懷疑，不喪膽，不氣餒，不發脾氣。那就是「忍耐」，也就是《聖經》上所說的「恆久的忍耐」。

世界上所有偉人的傳記，其實只是一部「忍耐的傳記」的不同的版本。世界上所有偉大的著作，其實都是「忍耐寫下的著作」。世界上所有偉大的成就，其實都是「忍耐的成就」。

一對相親相愛，能互相幫助的好夫妻，不必把這種光榮的成就歸功於「天」。「天作之合」應該改成「忍耐所結合的」。

兩個能夠維持一生美好情誼的朋友，應該稱為「忍耐之交」，如果可以像古人那樣隨便填字的話。「刎頸之交」，實在還不夠表達友誼的深厚，因為《前漢史》裡那兩個被稱為「刎頸之交」的「張耳」跟「陳餘」，並沒能把美好的情誼維持到「一生」，就已經決裂；而且其中一個的「一生」，是「結束」在另外一個的手裡的。

居禮夫婦發現的「鐳」，是一種希有元素。在「物質世界」裡，它確實是「希有」。大家容易忽略的，是居禮夫婦在物質世界裡發現希有元素「鐳」的時候，同時也在人類的「精神世界」裡發現了希有元素「忍耐」。我們與其說居禮夫婦是由好幾噸瀝青鈾礦中提煉了「鐳」，倒不如說「鐳」是由好幾噸的「忍耐」提煉出來的。

以色列的所羅門王向上帝求智慧的故事是很有名的。那個故事發生在所羅門王二十歲剛登基的時候。故事發生的地點是「在夢中」。

上帝在所羅門王的夢中顯現，說：『你希望我給你什麼？』

所羅門王在自己的夢裡說：『給我治理你的子民的智慧。』

我雖然已經到了所羅門王該喊我「叔叔」的年齡，但是我仍然希望自己也能做這樣一個夢，我仍然不覺得太遲。

我要緊跟著『你希望我給你什麼？』這句話的後面，把預先準備好了的答案，迫不及待的提出來說：『給我忍耐的智慧！別的我自己來想辦法。』

傳說中說，上帝在所羅門王的夢裡，對所羅門王的答覆非常滿意，心中高興；所以所羅門王雖然並沒要求財富，上帝不但給他智慧，也給了他財富。

對我來說，財富是可以不必給的，因為「忍耐的智慧」裡就含有大量的財富。

只要我能忍耐從很微薄的薪水中一塊錢一塊錢積聚資金的那種「寒酸」跟「艱辛」，只要我能忍耐那種「緩慢的進展」，有一天我就會有一筆小資本。只要我能忍耐開一間小店的淒涼感，只要我能忍耐「我從來沒聽說過有這麼一間商店」的諷刺口吻，總有一天我會擴充門面。只要我能忍耐被倒帳的「心碎」，被拖欠的「心煩」，總有一天我會把生意做大了。只要我能忍耐十分瑣碎的業務，非常單調的生活，跟不斷發生的意外損失，總有一天我會發大財。財富就在「忍耐」裡，我何必在「忍耐的智慧」以外再求一筆財富？

這個例子只是一個例子，並不等於暗示我就要開店。事實上，「忍耐」既然能給我們帶來一切，我們何必選擇開店？

我發現在現實生活裡，我幾乎到處都可能跟「忍耐」碰頭，而且發現了許許多多令我驚奇的事情。

我看到一整套內容充實的百科全書。我打開第一頁，想查查是誰主編的。我很吃驚的發現書頁上印的是「忍耐主編」。

我遇到一個桌球打得很好的選手。我向他打聽誰是他的教練。他的答覆也使我吃驚：『忍耐先生。』

我遇到一個學者。我很佩服的向他請教：『您是誰的高足？』他的答覆竟然也是：『忍耐夫子。』

我聽說有一個非常和樂美滿的家庭，特地去按電鈴訪問：『請問這裡的戶長是誰？』

開門的人很和氣的回答：『是我，鄙姓忍。』

最使我心弦顫動的是我所遇到的許多「曾經成功過的失敗者」敘述可悲的「命運轉捩點」所說的話：『有一天，我忽然覺得心情煩躁，沒法兒再忍耐……。』

忍耐的科學

在我的人生記錄上，我是一個崇尚「忍耐」的君子，但是同時也是忍耐戰場上的常敗將軍。就因為又崇尚忍耐又常敗，所以「忍耐」在我的心目中漸漸成為很有趣味的科學。

「忍耐」是一種化合物，由三樣元素組成：智慧、壯志、積極勤奮的生活態度——缺一樣也不成。每次我戰敗，趕緊做一次「定性分析」，總發現我所缺少的是第一元素——智慧。智慧不足，是我每次失敗的真正原因。我應該把我每次的「憤怒」，淨化成「所羅門王的呼籲」：『給我智慧！給我智慧！』

我不能忍耐愚蠢，正好證明我自己也愚蠢。我不能忍耐暴發戶式的囂張，正好證明我自己缺乏智慧。分析「忍耐」，是所有朝拜「忍耐」的香客所應該做的第一件事。

現代人最熟悉的「人際關係」是「老闆跟職員」的關係。有一個年輕人，真的「三生不幸」，必須跟一個脾氣暴躁，蠻不講理偏又最愛「講理」，而且嘴上老掛著「我隨時可以叫你走」的老闆相處，精神上痛苦不堪。

朋友都勸年輕人忍耐，年輕人就忍耐下來了。一年以後，這「忍耐人」忍耐得面容憔悴，臉黃肌瘦，精神委頓。朋友看了都大吃一驚。不久，這年輕人就病了，同時也就「失去了他的老闆」，跟「不忍耐」的結果也相差不多的失了業。

這個年輕人的忍耐，是一種毫無意義的「懸空的忍耐」，是「忍耐的意義就在忍耐本身」這種論調的實行者。所以對這個年輕人來說，「忍耐」就等於枯涸，等於凋謝。如果這個年輕人聽到「忍耐，忍耐」的勸告的時候，能聽懂這句話的真正含義是：『要有智慧！要有壯志！要有積極勤奮的生活態度！』那麼，他的結果就不會是那樣悲慘了。

羅素的名著《幸福的征服》，在談論到「忍耐」的時候，總是賦予這種美德積極的意義。那就是說，你要為一個高尚的，積極的目標去忍耐，忍耐才能夠產生意義。我想起一個大學女生自修英文法的故事。

這個大學女生一畢業就找到職業，對現代人來說，這是運氣好。但是不幸她所遇到的老闆並不好——是一個任性的、衝動的老闆。她經常受訓斥，膽子又小，所以經常嚇得臉色蒼白。她知道找職業不容易，決心忍耐。最幸運的是她懂得忍耐的真諦是「轉化成某一種積極的行動」。她恰好選擇了進修「在學校裡成績最差」的英文法。

從此以後，她日子過得很幸福。老闆的蠻不講理的「道理」，她都能笑咪咪的接受；因為她的生活中已經有了比較積極的目標。她的學習，一天有一天的進度；英文法著作看完一部，又是一部；下班的時候逛書店搜求英文法著作來看，也成為她的生活樂趣。

內心的充實，使她產生了「天天交好運」的快樂心情。她的「老闆恐懼症」一天天的減輕，甚至常常無意中流露出對老闆那種「倒閉恐懼症」的同情，竟使老闆常常無意中向她吐露內心的恐懼。

她的英文法知識，已經不知超過那個只知道「動詞第三身單數要加s」，「過去式要加ed」的老闆多少倍。她已經不再「沒出息」。她的知識，有時候對老闆也很有用。她的知識水準跟薪水收入相比，老闆也認為「合理」了。

後來她遇到如意郎君，而且很有信心的結了婚。她所以能那麼有信心，是因為她已經成熟，已經學會忍耐。如意郎君將來如果有什麼小缺點，她忍耐起來必定不費力；而且再壞的郎君，也不過是個「家裡的老闆」，跟公司裡那個「真老闆」相比，總是容易相處得多。

「忍耐」的第二個元素是壯志。經常在歷史書上昂首闊步的大丈夫，通常都同時也是能忍耐的君子。能忍耐，就是氣量大。氣量大，實在是因為志向大。

耶穌說過「有人打你的左臉，就把右臉也給他」。佛教也有「忍辱」的說法。這些話，不是普通人能接受的。因為普通人的志向太小，最多只不過是當一級主管或發財，好讓太太高興得像大麻雀一樣的蹦蹦跳跳。當一級主管怎麼可以「把右臉也給他」？

但是耶穌不一樣。耶穌的志向很大很大很大。他要做的是把「救世的福音」傳遍全天下。他絕對不會因為有人打他左臉，就氣得不再宣傳福音。為了宣傳福音，他甚至肯犧牲自己的生命。志向大，氣量也就跟著大，因此才說得出那樣的話。甘地是為了救印度，才主張不抵抗。一般人忘不了他的不抵抗，卻完全忘了他的大志向。

中國人評論大英雄，一向最重視「氣量」。其實「氣量」就是「志向」。像韓信那樣的小英雄，所以能忍受從流氓的「卡夂襠」底下爬過去的恥辱，是因為他有做將相的小志向。志向比他大的，氣量也一定比他大。

「忍耐」的三元素裡，最要緊的當然是第一元素「智慧」了。

「智慧」是：運用知識的「能力」。我們雖然不能說「智慧的來源是知識」，但是沒有足夠的知識資源，智慧的作用也就發揮不出來了。越多的知識，越能使我們了解事物的本質。越多的知識，越能使我們對事情的發展有先見。越多的知識，越能使我們把憤怒昇華為同情。

《兒女英雄傳》裡那個作威作福，過年過節收禮很忙的河臺大人「談爾音」，在得勢的時候陷害「安學海」就像用手指頭摁扁一隻螞蟻那麼省事。但是這位安老爺並不憤怒。這全靠智慧。這是一種對「人性」的智慧。

後來談爾音果然因為瀆職而丟了官，淪落為「穿道袍的說書人」，窮得吃不飽飯，住的是「小車子店」。安學海不但不懷恨，還賙濟他，送他一筆厚厚的路費。這又是最使人驚訝的「對惡人的同情」。

安學海的心境是值得我們分析的。他為什麼能夠做得到「給壞人讓路」，「對惡人同情」？這就是他能用做人的道理，客觀冷靜的分析一個壞人，「甚至」在壞人「壞」到他頭上來，「壞」到使他受到傷害，他也還是能不失去那種「客觀」。這是很難的。這就是我說的智慧。

壞人的命運是可悲的。在自己受到壞人傷害的時候，仍然能冷靜、理智的想到「壞人的命運是可悲的」，這自然就產生了「對壞人的同情」了。這也就是耶穌在十字架上所呼叫的「饒恕他們，他們並不知道自己所做的是什麼」的心情。

我學習忍耐，常常失敗在缺乏第一元素「智慧」。我能吃苦，我能耐勞，我能忍受肉體的痛苦，也能忍受「連大英雄都有所不能」的「吃虧」。但是在自己受到「惡」的傷害的時候，我就不如《兒女英雄傳》裡的安學海了。這也就是說，我根本沒有感化河臺大人談爾音的能力。想到這一點，我就覺得自己那六個學分的忍耐課，只念完四個學分，還有兩個學分是考不及格，需要重修的。「忍耐」是春風，「忍耐」是雨水。只有在忍耐中，才有鮮花青草，才有生命的綠洲。失去了忍耐，心中就會出現生命的沙漠，花謝，草黃。

但願我的好朋友，但願我自己，能時刻不忘「忍耐」的真正含義：「智慧，壯志，積極勤奮的生活態度」！

但願我的好朋友，但願我自己，能修滿那最艱難的最後那兩個學分！

控制情緒

「優閒」在現代人夢中出現的機會越來越少。不管多離奇的夢，總要有生活經驗做基礎，如果生活經驗裡根本沒有「優閒」，那麼優閒的夢就很難「做」得出來了。

讀中國古典小說，例如《紅樓夢》，常常會感覺到書中人物的「生活步調」實在舒緩極了。他們有充裕的時間走路，有充裕的時間說話，有充裕的時間做事。他們像長壽的烏龜那樣的從容不迫，邁著一步是一步的步子。

看《滑鐵盧戰役》影片，最令人感慨的是拿破崙的那個時代，連一場大決戰也「慢」得那麼可愛。英法兩軍列陣的行動，都非常緩慢自在，因為彼此都是「慢調子」，誰也沒有取笑對方。用現代人的「時間算盤」打一打，對他們那種「時間運用上的奢侈」，一定會覺得非常心疼。假定他們列好陣勢需要一小時的話，這一段時間，已經足夠美國全國汽車工廠生產七百輛汽車了。

站在「輸送帶」旁邊工作的工人，是現代人最好的代表。機器開動，他們就得跟著動。只有機器停了的時候，他們才能停。現代人所過的生活，就是這種「裝配線」生活。如果我們仔細觀察，就可以發現「裝配線」幽靈，早已經滲透了我們的全部生活。這是現代人精神緊張的基本原因。

從另外一個角度來看，「裝配線」既然已經成為我們的生活方式，那麼，凡是無法適應這種生活方式的人，都會遭遇到一些悲劇。胃潰瘍跟脾氣暴躁，是最常見的兩種。

我年紀很輕的時候，在香港碼頭附近看到公共廁所外面，工人排長龍「等著」進去大便，大吃一驚。我第一次發現人類已經必須學習用意志力來控制生理活動，而且還得承認這是無法抗拒的「生活方式」。

這個發現，對我有很大的好處。我從這「發現」裡領悟到，既然現代人連生理活動都可以加以控制，那麼對「情緒」的控制應該也是可能的了。控制自然的生理活動，未必對身體有益；但是控制情緒，卻是現代人追求幸福的唯一，也是最後的方法了。

年紀大了一點，從醫生、心理學家、宗教家的著作中，所讀到的關於控制情緒的議論越來越多，也就越來越相信這是現代人追求幸福的最後一條路子。我說這是最後的一條路子，是因為我們如果不能設法控制情緒，我們就不可能獲得「思考所必需的寧靜」，因此也就不可能設法改造人類「似乎走錯了路」的「文明」了。

人類的許多高級活動中，例如文學寫作、藝術創作、科學研究，以及細密的思考，都必須有「最充分的優閒」才能出現。這種優閒的獲得，在基本上，全靠自己去爭取，不能靠「制度」。

「制度」可以優待一個科學家，優待一個作家，但是不能夠「製造」一個科學家，也不能夠製造一個作家。在「制度」的優待下，那個科學家，那個作家，都有「幾乎是早經指定了的工作」要做。發明跟創作，通常卻都是「指定的工作」以外的「可貴的奇怪想頭」。

怎麼樣在「裝配線」的生活方式中獲得優閒，是現代人必須學習的本領。這種本領，最主要的是由「控制情緒」得來。

心理學上替有害情緒起了個不雅的名稱，叫「卑劣情緒」。一個人為「崇高」的目標勤奮工作，過度疲勞的時候偏偏會產生「卑劣」的情緒。這對照多強烈！一個有高度責任心的人，經過一段日子的操勞以後，「卑劣」情緒就伴隨著崇高品格的光輝同時出現。這多叫人警惕！

焦躁，憤怒，憂慮，都屬於卑劣情緒的範圍，都是我們必須設法加以控制的。控制這些情緒的方法很多，其中最有效的當然是「休息」——不過，如果「休息」

根本是不可能的，怎麼辦？

我從自己的孩子那裡學會了控制情緒的最好方法。瑋瑋在聽到大人要帶她出門的時候，情緒非常激動。但是她克服激動的方式非常令人佩服。『你們看！』她會說，『我這個傻瓜頭急得把皮鞋都穿反啦！』

「適度的嘲笑自己」是解除緊張，甚至是解除疲勞的最佳方法。

我在工作極度緊張的時候，無意中也會得罪長輩跟朋友。我通常都能設法避免在緊張焦躁中再給自己增添「悔恨」，所以也避免在當時就去作一番「理直氣壯」的解釋。我一發現我自己的態度有問題的時候，我就罵自己一句話：『該死，我這個傻瓜頭連好朋友都得罪了！』

這種方式，使我下次再跟我所得罪的好朋友見面，態度自然「輕鬆」，彼此都不介意。如果是「高度的維持自己的尊嚴」那種態度，後果就不堪設想了。

我有時候也會因為工作過度疲勞，變得暴躁易怒。我克服憤怒的方法是：『該死！我這個傻瓜頭現在是真的垮了，真的應該去掛號訂一張病床啦！』

有時候我也會為未來的事情焦慮，煩躁不安。我克服這種情緒的方法，仍然還是：「該死，我這個傻瓜頭這回完啦！」

控制自己的情緒雖然難，不過還比不上「外加一個難惹難纏的人不斷的加以刺激」那麼難。這種難惹難纏，完全沒有同情心的人，平均每一萬個人裡頭至少就會有一個，如果我不幸真的撞上了，我的克服方法是：『該死，我這個傻瓜頭這一回可慘啦！撞上這樣一個出色的傢伙，我還有救嗎？』

這智慧，完全是跟瑋瑋學來的——雖然瑋瑋在家裡不巧就是一個「難惹難纏的傢伙」。

我始終認為控制情緒最有效的方法是：「學習品味生活」，以「新鮮態度」看生活，再加上「適度的對自己的嘲笑」。我想這應該是很夠的了。

我常想，如果拿破崙在滑鐵盧戰敗的時候，不那麼憤怒，不那麼痛恨部下的無能，能夠用比較和緩的態度對部下說：『弟兄們，情形有點兒對我們不利。我們這常勝軍恐怕得暫時「逃之夭夭」啦！跟我來吧！』他下次可能還有機會。這種幽默感，他的對手「惠靈吞」是有的。這也許就是惠靈吞戰勝的主要原因。

美國林肯總統在最憂慮的時候，常常找人談笑話。

我母親在為家事忙得不可開交的時候，常常回過頭來跟我們笑一笑。

我父親在工作忙碌的時候，常常跟我們做個鬼臉。

這裡頭大概都藏著一點控制情緒的祕密。

談「立志」

這是一個使人厭煩的「題目」，不過我並不想把它談得令人厭煩。

聰明人都不願意跟人談「立志」，正像聰明的父親都不跟兒子談「你知道華盛頓在你這個年齡已經做了什麼嗎？」的話。大家都知道故事裡那個不聰明的父親所得到的答覆：「可是華盛頓在爹的歲數已經當了美國的第一任總統啦。」

《伊索寓言》裡還有更好的故事，那故事對「專門叫別人立志」的人，是一個很好的教訓——我把這故事也列入我所喜歡的「偉大故事」的目錄裡：

螃蟹媽媽對小螃蟹說：『你為什麼要橫著走路？往前直走，方便多了。』

小螃蟹回答說：『娘說得很對。要是娘先走一趟給我看看，我一定也可以學得好。』

聰明人都不跟人談立志，主要的原因是他自己也知道「立志」不是容易事。另外一個更「主要」的原因，是他怕他的聽眾一旦聽從他的話，真正「立起志來」，老實做去，結果並沒獲得實際的利益，或者並沒賺到多少錢，就來要他「賠」！

勸人立志的人，像開了一家「不收保險費的保險公司」。「不收保險費」是他的大方，但是這種「顯然不可能」的保險公司，也根本沒法兒吸引人去投保。

世界上只有一種人，雖然不是最聰明的，卻不怕跟人談立志。他就是深深知道「立志」的真正性質的君子。他開的是一家「絕對保險的保險公司」。他保的不是「如果你萬一有個什麼三長兩短，我就賠」。他保的是「完全跟實際利益無關」的事情。他不像一般的保險公司那樣，把天底下一切的「東西」，一切的「情況」，甚至連「健康」跟「壽命」也在內，都轉換成了金錢，然後在「錢眼」上談論「損失」、「利益」跟「賠償」。

立志雖然也可以使我們獲得許多實際的利益，獲得許多錢，但是我們實在不應該「太」把立志跟實際的利益放在一起想。那樣一想，就不保險了。立志要娶陰麗華，就真能娶得陰麗華；立志要當「執金吾」，就真能當「執金吾」：誰敢保險？許多人對立志不發生興趣，因為他們試了幾次都不靈。要是你進賭場以前，在賭場門口畫十字，立志一定要贏三萬，你一定「不靈」。

我們要弄清「立志」的真正性質：它是幸福生活的「基本方式」。「立志」的真正含義，是「意志力」的發掘跟妥善的運用。如果我勸人立志，我真正勸的是：『人類都是有意志力的，你也有。你應該設法去發掘你的意志力，然後好好的加以運用，使你獲得幸福的生活。』一會運用意志力的人，當然也可以賺錢，而且是賺相當多的錢；不過我並不想這樣告訴你，免得你以為「立志」就是「賺錢」，只看到了「立志」的真正價值的百分之一。

我只勸那種「真想發財，而且一發了財就能笑得很開心，而且心中會油然生出一種無比幸福的感覺，而且會對太太更溫柔，對子女更親切，而且能快樂得對精神生活其他方面的空虛渾然不覺」的人去發財。我，全憑最細心的觀察，只敢勸我認為「發了財以後真真正正能得到人生最大幸福」的人去發財。對一般正常的君子，我不敢勸他去發財，因為我知道他一發了財，以後就有「好日子」過了！我會害了他。

我是一個深懂怎麼正正當當發財的人，而且我也重視錢，無法忍受做沒有待遇的工作，寫沒有稿費的徵文，但是我只希望發一點小財——在不使我失盡一切閒暇的範圍內。人生總有許多很有意思的小事要做的。也許別人會認為「逗逗孩子」不能發財，就不肯「逗逗孩子」。我會認為既然發財會使人不能再「逗逗孩子」，那麼我就不要太發財。別人會認為「老看書」不能發財，就不敢「老看書」。我會認為既然發財會使人不能「老看書」，那麼最好暫時別發財。

人生有許多小小的樂趣，只要一發財就會全部失去，因為「發財」會帶來許多你當初根本沒想到的「嚴肅得令人心煩的發財事務」。

我說我們談立志，不能太「局限」於實際利益的獲得，原因就在這裡。人的意志力是可以訓練，甚至連「喝茶」這樣小的事情，也可以訓練我們的意志力。

你要喝茶，先跟太太去要茶葉。太太說茶葉用完了，如果你因此大發脾氣，就證明你雖然很凶，但是意志力很薄弱，脆弱。你要是能笑咪咪的上街去買茶葉，那就好得多。

茶葉買回來了，要開水，沒開水。如果你因此大發脾氣，就證明你雖然很令人害怕，但是你不過是一個可憐蟲。如果你能和和氣氣的去燒開水，那就好得多。

要燒開水，偏偏液體瓦斯或液化瓦斯又用光了。如果你因此摔水壺，怒吼，跺腳，打電話叫瓦斯的時候語氣粗暴，就證明你很容易精神崩潰。如果你能很親切的打完那個電話，那就好得多。

瓦斯有了，開水有了，茶葉有了，茶有了。在你掀開茶杯蓋兒品茗的時候，你差不多可以用古代先知那樣自豪的口氣說：『我要茶，就有了茶！』你對自己充滿信心，覺得自己能掌握自己的命運，心中有充沛的幸福感。這種感覺，不是比「光發財」「值錢」得多嗎？

有一個讀者（當然他很不幸），寫信給我，說他有一個刻薄寡恩的上司，又有一個刁鑽暴躁的部下，覺得人生毫無樂趣，該怎麼辦。我當然不能勸他兩面作戰，跟他們打架。我只勸他立志：『我要使自己有一種雅量，每次都能很有耐心的聽上司那句句如刀割的話，一直到他「割」完；每次都能很有耐心的聽部下那連珠炮的言語，一直到他「發」完。』我說，只要立這個小「志」，人生就會有樂趣了。

很久以後（他大概吃了不少苦），他給我一封信，充滿基督徒的口吻：『他們生理上都有不尋常的病痛，一個牙神經經常發炎，一個胃酸過多，我應該用愛心照顧他們。』我想他已經成為上司跟部下所信賴的好朋友了。

除了「喝茶」、「壞上司跟壞部下」以外，訓練意志力的機會還很多。你可以立志看完一本書，你可以立志種一盆花，你可以立志不對太太發脾氣，你可以立志不罵孩子。你會慢慢培養起古代先知的那種信心：『我要……，我就有了……。』對事，充滿耐心；對人，充滿愛心。

一個人一旦培養起「我是我的命運的掌舵人」那樣的自豪感的時候，還怕不能發財？如果他還是那樣「無傷大雅」的執迷不悟想發財的話。

當然，你會不同。聰明的你，也許會運用這意志力做出一番令人佩服的大事業來，而且成為我的同志，認為人生除了發財以外，也還有一些其他的選擇。

卷四

快樂的人

時間藝術

人的一生所能運用的時間，如果拿「小時」作計算單位，並不是一個「天文數字」。它僅僅是六十一萬三千六百二十小時。

這個數字，如果扣去「躺在枕頭上做夢」的時間，我們就只剩下四十萬九千零八十小時。

這個數字，如果再扣去關在辦公室裡的時間，我們就只剩下二十萬四千五百四十多小時了。

這個數字，如果再扣去穿衣吃飯，大便小便，走路等車；再扣去刮臉，洗手，洗澡；再扣去襁褓期的昏睡，學坐期的啼哭，扶行期的浪費；再扣去生氣，吵架，發愣；再扣去生病，檢查，治療；再扣去寫信，納稅，開會；再扣去辯論，討論，議論；再扣去怨天尤人，想入非非；再扣去找「丟了的東西」，修「壞了的東西」，補「破了的東西」；再扣去「三心二意」，「七上八下」——我們會越來越著急，因為我們都知道那個「得數」：「〇」！

這種「數學裡所沒有」的「悲觀計算」，當然是有些過火。不過它對我們也有積極作用，那就是「警惕」，對「人生安排」的警惕；不要以為我們一生「擁有」六十一萬三千六百二十個小時；我們也可能僅僅擁有「零小時」——從另外一個角度看。

讀者也許會以為我作了前面的分析以後接著必是一段很嚴肅的議論，鼓勵，要求每個人要用「一百公尺心情」來跟時間賽跑，分秒必爭，以「心臟病」作終點；那就完全錯了。我們不能只管「時間」，不顧「生理」，只講「速度的追求」，不理「精神的負荷」。我所說的「人生的安排」，我所說的「警惕」，完全不含一絲在人類脆弱易破的肉體裡，扇旺有毒的「緊張亢奮的魔火」的意思。

人生就跟文章一樣，「意味」重於「字數」。我的意思不過是：人的一生可能是六十一萬三千六百二十小時，也可能是零小時，區別全在「意味」上。我們應該設法在「六十一萬三千六百二十」跟「零」之間，尋求一點意味，不要真的讓它成「零」。

『這下面躺著的，是一個一生中每一秒鐘都在緊張中拚命工作的英雄。』

我，由於人道的理由，希望在這墓表下面挖出來的是一部已經長鏽的機器。如果挖出來的竟不是機器，我會即刻到墓園附近的公用電話亭給警局打電話，報告我所發現的可疑的謀殺，如果我是好管閒事的福爾摩斯的話。

我把時間看成「人生的蜜糖」，不「用」，等於不「嘗」，白糟蹋了，非常可惜。這就是我的全部「時間哲學」。

但是我實在並不願意提倡什麼「時間哲學」。僅僅對時間有了個正確的認識，那又算得了什麼。我希望能鼓勵大家去嘗「人生的蜜糖」，去嘗「時間的甜味」，去體驗。

喜歡描寫「時間」的人是怎麼描寫時間的？他們有固定的「方程式」：時間是從「織布娘」眼前橫飛過去的梭，時間是射出去的箭，時間是流得很快的水，時間是從牆縫兒閃過的日影，時間是從斷壁後面看到的一匹飛奔過去的白色壯馬。這些描寫一律給人「匆匆」的印象，因為它是「旁觀」的，是冷眼看時間的，是在「時間之外」所看到的時間。

我們為什麼不能把時間當作一種交通工具，而把自己當作搭乘交通工具的人？時間是火車，自己是旅客。時間是駿馬，自己是騎者。時間是太空船，自己是太空人。你「駕」時間像駕一朵祥雲。那時候，你會很「相對論」的，覺得時間不動，覺得是你在「時間」裡走動。那時候，「時間」就不那麼匆匆。「時間」再不會使你緊張，不會使你覺得匆忙。這就是我所希望說的：「運用時間」的藝術。

只要你懂得「進入時間」，懂得騎上時間的「馬背」，跟時間一起走，時間對你就不會是那麼匆匆了。一個很容易「專心」，「專注」，很容易對手頭的事發生濃厚興趣的人，也就是一個容易「進入時間」的幸福人。在那種情況中，「時間」對他來說，似乎已經消失，已經不存在，已經完全威脅不了他了。

看電影看得入迷的人，絕對不會抬起左腕來看表。打牌打得入迷的人，厚窗帘外早已經是第二天的「日正當中」了，他心裡還迷迷糊糊的有一種「今天晚上外邊怎麼那麼吵鬧」的感覺。這才算是真正「進入了時間」，「騎上了時間」。

一個人，必須先懂得「進入時間」，才配談「利用時間」。世界上許多有成就的人，他的「人生」並不比別人長，因此就「被」解釋成他怎麼會利用時間，甚至連一分鐘也不放過。其實那個「了不起的傢伙」，心中並沒有那麼緊張，他甚至是「完全沒有時間觀念」的。他不過是容易進入時間，連三五分鐘那麼短的時間，他也會不知不覺的把頭一低，鑽了進去，而且似乎再不想出來。

這就像一種能睡的人，別人眼中認為「不能有作為」的七八分鐘的短暫時間，他竟睡得鼾聲大作，嘴角掛著口水像簷溜。一剎那的時間，對他竟成為「永恆」。

濃厚的興趣，強烈的好奇心，常常使一個人自自然然的不浪費時間。別人以為他苦，他並不覺得苦。別人替他難受，其實他是在那兒享受。對時間的利用，能修到這種境界，一個人就可以成佛了。

現代人最大的苦惱，從表面上看，似乎是一種「時間的割裂」，事事都要講鐘點，所以他一天到晚在趕時間。他永遠定不下心來，他永遠沒有時間好好兒的做一件事。

事實上卻並不一定是這樣。現代生活的複雜，確實會造成時間的「割裂」，但是更根本的原因，實在是複雜生活所造成的「興趣的割裂」。他接觸的東西太多，樣樣都想要，因此沒有辦法使興趣停落在一個穩固的「定點」，永遠像走馬燈似的團團轉。他心中有一隻「漂鳥」，到處覓食，從來不耕種。

克服這種苦惱的辦法，是合起翅膀，使自己停落在一塊對自己合適的耕地上，好好兒耕耘，慢慢的去培養一種興趣。到了這種興趣越來越濃的時候，心理上就可以獲得一股穩定的力量。只要這股力量一凝成，痛苦就會減輕。緊張，匆忙，再也沒法兒動搖你人生的興致。你還可以再嘗人生的蜜糖，再嘗「時間的甜味」。你會變得更懂得利用時間，把對時間的運用看成一種藝術，時間的藝術。

談「分解藝術」

「分解」是一個化學用語。它的作用是把一種比較複雜的化合物，分析成幾種單純的物質。

我所嘗試的「用法」，也就是我自己所說的「分解」，是指：把一個相當複雜的「整體」，分析成幾個比較單純的，互相關聯的「部分」。我認為這是處理一切「困難的事情」跟「複雜的情緒」的最有效的方法。

有一次，有一個家庭發生了一件不幸事故。太太臉色蒼白，氣急敗壞的跑到先生的辦公室，邊哭邊喊：『我們的孩子被汽車撞傷了，躺在醫院裡。怎麼辦，怎麼辦，怎麼辦？』

在我還沒說出那位先生是怎麼樣的一個先生以前，我們先看看各種不同的先生在那種情況中可能有的各種不同的反應。

有一種先生，會雙腿一軟，癱瘓似的躺倒在椅子裡，悲呼：『命運，命運！你為什麼待我這麼刻薄？』

有一種先生會突然暴怒，大吼：『你孩子是怎麼看的？怎麼教的？好好兒的孩子平白無故的叫汽車給撞啦！你你你！』雖然他實際上對太太並沒有惡意。

有一種先生會團團亂轉，一會兒走到室外，一會兒又回到室內，好像走進了無形的迷宮。他的舉動是對「怎麼辦」的最好的回答：他根本不知道怎麼辦。

我所提到的那位先生是這麼辦的，他拿出紙來，颼颼颼，在紙上寫了四「條」要點：（一）身分證，（二）戶口名簿，（三）圖章，（四）錢。然後，他輕輕拍拍太太的肩膀，安慰她，平靜的說：『回家去把這四樣東西拿出來；所有的現款都帶在身邊。我先到醫院去。』他馬上行動，先走了。太太遲疑了一會兒，也「馬上」行動起來，到門口去叫計程車去了。

這一段「說時遲，那時快」的描述，使人有「一陣風」的感覺。其實，我們還應該對那位先生的行動，仔細的加以分析。這是有好處的。

他為什麼一定要拿筆在紙上寫下四「條」？我認為這是因為他知道太太慌張的時候，無論他說什麼話太太都可能「聽不到」，「記不住」。他寧願多「浪費」一點兒時間寫幾個字，免得太太回家團團轉，又趕到醫院去問他：『剛剛你是叫我回家拿什麼來著？真急死我！』

有了那張紙，就可以使太太在慌亂中仍然保留「明晰的記憶」，按著單子取東西，拿一樣，打一個勾，一樣也錯不了。

他為什麼一定要太太回去拿身分證、戶口名簿、圖章？因為他知道我們的「風俗習慣」，這三樣東西是我們辦任何事情的重要腳色，雖然不一定要用到，但是帶在身邊，也許可以省去「再跑一趟」的麻煩。

其實前面所說的，都還是「次要」的。最令人佩服的，是那位先生在家中發生事故的時候，明智的運用了「分解的藝術」。

孩子被汽車撞傷了，是一件令人震驚，憂傷，恐懼，戰慄，心碎的事故。大部分的人，除了完全把自己交給「情緒」去擺布以外，都不知道怎麼辦。但是那位先生在太太悲呼「怎麼辦，怎麼辦」的時候，卻能「在相當程度上」擺脫了情緒的控制。他把應付這令人震驚的事故的方法，加以「分解」，成為幾件互相關聯的簡單的「小事」。

試想，在家庭遭遇到那樣嚴重的事故的時候，他對太太的要求，只是非常單純的「回家去拿四樣東西」。這需要多大的智慧！他使太太心安，使太太能夠運用理智來「處變」。

我不是一個「鐵石心腸」「幸災樂禍」的人，但是我不得不說，從理性的觀點來看，這種把「孩子被汽車撞傷」的變故，「分解」成「回家去拿四樣東西」的作法，是一種高度的藝術。

這個「真實人生故事」給我們一個啟示：任何複雜的情緒，任何困難的工作，只要能加以「分解」，都可能變成幾件簡簡單單的小事。

有一個「學生背書」的故事，發生在一個朋友家裡，可以幫我說明這個道理。

國文老師交代的，第二天一定要背熟一課古文。課文很長，那個學生「背」了半天，越背越亂。在絕望的時候，他去找父親。

父親看了課文，笑著跟他說：『這課書好背！這課書一共有幾段？』

孩子數了數說：『七段。』

『現在你已經知道這一課書有七段了。這第一個步驟你已經「背」好了。』父親說。『我相信，明天有許多勉強能把這課書「背」出來的同學，根本就不知道這一課書有「七」段！

『第二個步驟，你按照順序，把每一段的第一句話寫下來，列成一個表。這個表你要背得滾瓜爛熟，能隨口說出第三段的第一句話是什麼，第六段的第一句話是什麼。這並不難，你只要背七句話。

『第三個步驟更簡單，你只要在「表」上加小註。例如第一段，全段實際上只有三句話。最長的第五段，實際上也只有六句話。這幾個數目字是很容易背的，一下子你就能背熟了。現在，你已經「精明」得能說出全課有七段，第四段的第一句話是什麼，全段有幾句了。

『第四個步驟，就是一段段分開來背，每次只背一段。例如你要背第一段，全段不過三句，第一句你已經熟了，只要再背兩句就成了。用這個方法，你明天不但能順序背全課，而且還能夠隨便點哪一段就背哪一段。這有什麼難呢？』

我是主張「大量閱讀」，不主張背書的，但是運用「分解的藝術」，連那種古老的苦刑都難不倒我們。我自己在「背書」方面也是專家，但是我所享受的「背書的樂趣」實際上是「分解藝術的樂趣」。背書對我實在沒有任何好處，在實際寫作的時候，不管引用哪一句話，都應該細心去查書才行。我的記性常常把「老子」說的話硬說是「荀子」說的。我何必固執得非憑著記性不可？我何必固執得有書偏不肯去翻？

「分解的藝術」在處理無謂的「牢騷」方面，也很有效。從前，在我年輕的「遨遊時代」，有一個朋友心情不好，對我宣布他對我的「七大不滿」。他越說越激動。我趕緊拿筆，把他所說的七點都寫下來。然後，我說：『同時處理七件問題是誰也辦不到的。先看第一點是什麼？是「我常反對你的意見」？你能不能舉出具體的例子？』

『例如我說去看電影，你就偏偏反對！』他說。

『我現在就陪你去看電影。』我說。事情就這麼簡單的解決了。

我們的憤怒，我們的激動，我們的憂慮，通常都是極複雜的「化合物」，設法分解分解它，就很容易發現它不過是一些很單純的小「因素」組成的，逐一解決，或者配合一點小行動，也就消散了。

極艱鉅的任務，極沉重的責任，分解起來，也不過就是一些「簡簡單單的小行動」的「化合物」，並沒有什麼可怕。就像「背書」一樣，你只要知道「全課一共有幾段」就行了。

第二步

像林海峰那樣會下圍棋的人，每下一個子兒以前，都要先設想一二十「步」以後的情況。他不得不這樣，因為他的對方也是「能想一二十」的老手。因此「下給人看的棋」，比他們在「腦中棋盤」實際所下的棋，已經晚了一二十步。我們只看到他們怎麼「出手」。他們卻早就看到那樣出手的「結果」。精確的說，決定他們那一盤棋的勝負的，並不是面前那一個棋盤，而是他們腦中另外那一個棋盤，那一個肉眼看不見的小棋盤。

棋士腦中的小棋盤，才是棋士「真正」下棋的地方。這使人想起另外一種相似的情況——相似，可是更複雜些：一個作家「真正」寫稿的「地方」，並不是眼前的稿紙，而是腦中那一部「能把個人的一切感覺和經驗製造成美妙語言」的精巧的小機器，然後再通過一部相連的，由長期的肌肉訓練造成的，「能即刻把語言變成符號」的小翻譯機。我們所看到的，不過是作家握筆在稿紙上寫字，加標點符號。

雖然並不是每一個人都是棋士，但是我相信差不多每一個人腦中都有一個小棋盤。每一個人在他的小棋盤上「下」的是「日常生活的小棋」。這種「小棋」跟棋士所下的圍棋相比，就像「五子棋」那麼簡單。不過，就連這麼簡單的小棋，能下得好的人也並不多。原因是：一般人下這種小棋只想到「一步」，或者「就只有這一步」；不知道這種小棋要下得好，就必須想到「第二步」。

幾天前的一個黃昏，我在「回家的路上」遇到一個朋友。他匆匆忙忙的，正打算去趕六點四十分的那一場電影《西城故事》。那時候離「開映」的時間只有十分鐘，就算他的計程車司機能靈巧的「穿過滿街橫七豎八都是汽車」的成都路口，準時到達影院門前，他也很可能只是老遠的花錢坐車去看一看售票口上邊「客滿」的黃燈。

我問他：『要是買不到票你怎麼辦？』

『我就散步回到重慶南路書店去買兩本書。』他說著，笑了一笑，拍拍我的肩膀；一揮手像揮動一下魔杖，一部計程車出現在他身邊，車門往外一彈，他趁勢往裡一鑽；車子像他的人，興致很高的開走了。

我很欽佩的看著那部活活潑潑的汽車的背影。我確實欽佩汽車後座的乘客，我的那個朋友。他是懂得下「日常生活的小棋」的人。他「下」得好。他能想到「第二步」。

他的「故事」使我想起另外一個朋友。有一天，我的這個朋友打算去拜訪一個我也認識的另外一個住得很遠的朋友。

『你老遠的跑了去，要是他不在家呢？』我問他

『他家附近不是有個很好的小公園嗎？』他反問我。

『對啦！』我領悟的說。

『對啦！』他很佩服我的領悟力。

這是一種「大家已經完全對它陌生」的古老的智慧。一個不成熟的人，做什麼事情都只想到「一步棋」，怕想「第二步」，無論對什麼事都只許有一個預期的結果，就像劃好了洋火放在引信旁邊等著，只要事情稍稍不如意，馬上點燃引信，讓情緒「爆炸」。

在我的經驗裡，下這種「日常生活的小棋」，能預先想好了「第二步」，能不怕去想「第二步」，常常會給自己帶來快樂，甚至是「意外」的快樂。不過，這需要在心理方面達到相當程度的「成熟」的人，才享受得到。

去看一個朋友，我想的是「他也可能不在家」。我安排好了我的第二步：到街上買一「聽」克寧奶粉回家沖一杯牛奶「喝著看書」。結果，我的朋友「竟然」在家，使我喜出望外。如果萬一他「竟然」不在家，我也不會大失所望，垂頭喪氣。

你知道我的「第二步」是買牛奶回家「喝著看書」。

當然「日常生活」並不永遠只是「拜訪朋友」。我跟別人一樣，也會有事情求人幫忙，不可能永遠「自給自足」。有一個熟朋友幫了我一個只有他才能幫的不小的忙以後，很懷疑的問我：『你當時的樣子好像不大相信我有能力幫你這個忙。你的「舒緩」激惱了我，所以我偏要幫你這個忙！』我告訴他，那是因為我有「第二步」。

『你的第二步是什麼？』

『回家靜靜的忍受我所應該忍受的。』我說。我所安排的第二步，確實是一件很有意思的事情：嘗嘗「受罪」的味道。我認為求助不成，也是我所應該學習的「人生功課」。

不要以為我在宣傳「舒緩者多助」的福音。你也可能遇到的是另外一個人，你越是舒緩，他就越討厭，偏不幫你忙！我所提倡的是要有「第二步」，我並不提倡「舒緩」。不過有「第二步」的人大都舒緩，這倒是真的。

我知道有許多人並不是沒有「想第二步」的智慧，但是他不願意想，不敢想。他沒有這個勇氣。有的人永遠不敢去想失敗以後的「第二步」，其實，他是應該去想的。一個能夠平靜的想好失敗以後的第二步的人，正確的說，他的人生就只有

「失」的可能，永遠不「敗」。不敢去想，不願意去想的人，他的人生才真正的是：一「失」就「敗」！

這個「第二步」哲學的正確含義是：你不要老打「如意算盤」。你應該換一個算盤，使自己變成一個擅打「不如意算盤」的好手。我說的不是「達觀」，我說的是「不只是達觀，而且是非常的積極」。

一個負責任的，可信賴的人的特徵，就是他對於他職責上所遭遇到的困難，永遠有活活潑潑的，充滿生機的「第二步」。父母所得到的子女對他們的信仰，就屬於這一類。父母總會遭遇到種種「家庭難關」，但是「愛」激發他們的責任心，使他們思想越磨練越活潑，永遠有用不盡的「第二步」，千層萬層，層層保護，凝成一種無法懷疑的絕對的「安全」。

如果父母遇到困難，竟跟子女說：『現在我們唯一的路子，就剩下……，要是連這條路也走不通，那麼我們就只好……。』這多使子女傷心啊！沒有父母會這樣不負責的。做父母的，都有一億個「第二步」！

如果我要創立一個大事業，如果我是工作領導人，我最喜歡聽的是幫助我的好朋友們，在事情剛剛開始做的時候，就談論到種種可能的失敗，而且對於每一項可能的失敗，不是只會表示擔憂，而是都附有一個比一個更有力的「第二步」。

我最喜歡的人

我每次看到電燈，就會想起愛迪生，想起愛迪生十五歲遭遇到的一件事情。他在火車上做化學實驗，不小心在車廂裡引發一場小火災，事實上那是火車走動，震落一小瓶化學試驗品所造成的。火車管理員當時一巴掌打聾了愛迪生的右耳朵。

我現在只要一想起那個對「造福人群的天才」揮巴掌的粗漢，就會對他「非常的不諒解」。他因為一時不能抑制「傷害人」的衝動，竟使人類蒙上一層「靠著一個被我們打成殘廢的人一生的貢獻，來享受進步生活」的令人心酸的恥辱。

在我的心目中，人群社會並不是一個異種雜處的蛇穴，每個人都不是一條蛇，用不著靠著吞食其他的蛇來維持自己的生存。

我所看到的人群社會，是一片很大很大的林場，每個人像一棵樹，共同的發展是「向上」。因為天空是無限深遠的，陽光是普照的，雨露是均霑的，所以一棵樹不必靠「吞食」另外一棵樹來維持自己的生存。每一棵樹所結的肥美的果實，全靠自己所進行的出色的「光合作用」，並不靠著對其他的樹進行掠奪。

在我所畫的這一幅美麗的「社會圖畫」，似乎有一個明顯的缺點，就是把「個體」描寫成植物，一點也不像動物。我承認這是明顯的特色，但並不是對人類的侮辱。人類本來就充分具備「動物性」。人類的「思索」，基本上也沒辦法改變這出色的「動物性」。而且對「動物性」產生厭惡感，也就等於對自己的徹底的否定。這當然是可笑的。

不過，我發現，許多愛思索的哲學家、思想家，都有一種明顯的傾向，就是認為「最完美的動物」的境界，不能只靠天生的「動物性」，還應該加上相當成分的「植物性」來調劑調劑，才能達到。所以我們常常看到優秀的「思索者」，在他們的言語中流露出對「植物性」的愛慕。

孔子說：『歲寒，然後知松柏之後凋也。』意思是我們應該向某一種植物「取法」，吸收一種「堅貞」的成分。

老子說：『合抱之木，生於毫末。』意思是要我們向大樹「取法」，吸收一種「慎終如始」的美質。

又說：『草木之生也柔脆，其死也枯槁。』要我們向草木「取法」，觀察「生存」的奧祕，排除「動物性」裡的「剛戾」的毒素。因為生存著的草木沒有不是柔軟脆弱的；乾乾硬硬，一點兒也不「柔和」的，那已經是死木頭了。

擔任過聯合國大會主席的菲律賓的「晏子」羅慕洛，最喜歡引用「高大的竹子常低頭」的那句話，希望他的朋友向竹子取法，吸收一種叫做「謙虛」的「植物性」的美質。

我雖然只是一個「低智商」的「很小的思想家」，但是我對於「植物的美德」也有一種不尋常的喜愛。這就是為什麼我會把人群社會描寫成「一個很大很大的林場」的原因。和平，自強，向上，都是「植物的美德」。

因為我是相當「植物性」的，所以我一向把「純粹的動物」看成「未成熟的果實」，尤其不喜歡「粗暴」。「粗暴」是最「動物性」的，換一個說法，是最「獸性」的。我不認為粗暴的人是我應該尊敬的。

「粗暴」最容易傷害別人。有一次有一個人問我「最喜歡的人」是誰。我的答覆是：『不傷害別人的人。』

我說過，我對於那個一巴掌打聾了愛迪生右耳朵的粗漢「非常的不諒解」，主要的原因是他傷害了一個十五歲的少年——也幾乎毀滅了電燈！

如果我是那個火車管理員，我想我處理那一件突發事件的方式，不過是趕快幫愛迪生把火撲滅，然後跟他笑一笑，意思是說：『好了，事情總算過去了。該說的話我雖然都沒說，但是我相信也早都在你的意料中。我知道我該怎麼說，你也知道我會怎麼說，那又何必再說。你只要能接受那彼此都不說出來的教訓，就很夠了。再見！』

要是旁邊有一個「動物性」比我強的人，批評我說：『你這算是怎麼回事？你「總該」罵他兩句呀！』那麼，我在被迫的情況下，也只能這樣「罵」：『你看你惹的禍！你差點兒把我的飯碗砸了。你差點兒燒死一火車的旅客。如果你母親知道剛才發生的事情，一定會嚇得昏了過去。好了，替我問候你母親，再見！』

萬一有個「動物性」最強的人，在旁邊跺腳說：『揍他一頓！』那麼，我會向兩旁舉起雙臂，一箭步跳到兩個人中間，背向愛迪生，面向「暴力分子」，擺出「老鷹捉小雞兒」裡那隻母雞的姿勢，擺出交通警察通知「禁止通行」的姿勢，攔住他說：『這是傷害！這是傷害！』

我最喜歡的人是「不傷害別人」的人。不過我所說的傷害，並不是只指「大家都進入武俠影片」，「互相使對方成為殘廢」的那種大動作。我所說的傷害，還包括日常生活中「對別人的不尊重」。

在我的「記憶寶庫裡」，存滿了各式各樣令人心碎的「傷害的故事」。其中最「鮮明」的，是一個七十歲的父親的故事：

這個好父親有六個子女。他的大兒子現在是大學教授。他的大女兒現在是女學士，是一個年輕工程師的夫人。他自己是一個正直人，雖然沒有受過良好的教育，但很能刻苦自勵，很能關心子女的教育。他每次想到子女的成就，心裡就得到很大的安慰。但是一想到子女的成就，他就會很傷心的想到另外一件事情，覺得自己是蒙上一層很大的羞辱，而且這羞辱也連帶著已經加在他子女的身上了。他認為這羞辱毀了他一生的幸福。

原來他在壯年時，有一次受到上司的誤會。那「動物性很強」的上司，很不幸的從小養成了傷害別人的壞習慣，竟不分青紅皂白的「三批其頰」。這件事很嚴重的傷了他的自尊心。現在，他每次為子女的成就覺得自豪的時候，就會有一個陰鬱的思想來毀滅他幸福的感覺。『我不過是一個挨巴掌的下等人。我給子女帶來了羞辱。』這個「噪音」無時無刻不在那裡干擾這個可敬的人的「人生的音樂」。

「知道這個故事」的我，對那個早已經住在天國的上司，也一樣「非常的不原諒」。儘管他「隨便打人的嘴巴」完全是無心的，甚至「根本就沒有惡意」，但是一想到他對別人的「深遠的傷害」，我對他仍然還是「非常的不原諒」；因為那三下巴掌，毀掉了八個人一生的「美滿幸福」——那可敬的父親，他的太太、六個子女。

我常常告訴我的朋友，「批其頰」是傳統的「使人自覺下賤」的惡毒武技。這種武技一向落在「不能自制」的人手裡。一個君子應該跟文天祥學，雖然置身在最汙穢的環境中，仍然能發射高潔精神的光輝——萬一偶然被愚蠢的人打了一巴掌，千萬不要「自覺下賤」，千萬不要「自己再傷害自己」。這都是對前面那個故事的情況說的。

在我的詞典裡，「完人」的定義是很簡潔的：『不傷害人的人。』一個「對人無益」的人，依我的想法，也強過「傷害人的人」百倍。

我最喜歡的人是不傲慢，不粗暴，言語不刻薄，待人謙恭誠懇，而且有能力自制，在任何情況下都不傷害人的彬彬君子。

談「合作」

我不知道在螞蟻或者蜜蜂的社會裡，是不是也有「個人」跟「個人」的種種爭執，是不是也互相妒忌，也常常吵架，也有「個人」跟「個人」的不和睦。我不知道，因為我根本不是一天到晚「搬運」不停的螞蟻，不是搬糧食，就是搬家；也不是比人類更早發明公寓房子的蜜蜂。

樹上沒有兩片完全相同的葉子，蟻窩裡也一定不會有兩隻完全相同的螞蟻，蜂窩裡也一定不會有兩隻完全相同的蜜蜂。如果我們能喝到「愛麗絲」在奇境裡所喝的那種「使自己變小」的藥水，使自己「小」得只有螞蟻那麼「大」，那麼，我相信我在蟻窩裡所看到的螞蟻，就不會僅僅是一個「群體」了。

我會看到有一隻螞蟻是裝腔作勢的，有一隻螞蟻是笑容可掬的，有一隻螞蟻是器宇軒昂的，有一隻螞蟻是沒精打采的，有一隻螞蟻很胖，有一隻螞蟻很瘦，有一隻螞蟻和顏悅色，有一隻螞蟻怒目橫眉。我甚至還可以看出一隻螞蟻胃有毛病，一隻螞蟻肝有問題，一隻螞蟻身上長癬，一隻螞蟻額頭上都是痱子。

要是我在那裡多住幾天，我就會發現那些螞蟻都是有個性的，彼此的資質也相差很遠。在服務道德方面，有的責任心比較強，有的責任心比較弱。搬運餅乾屑的時候，有的螞蟻比較懂得取巧，專搬「螞蟻的重量單位」中那種只有三四「蟻兩」重的小零碎；有的就有一股傻勁，一次就搬五十多「蟻斤」的大塊餅乾屑。有的螞蟻很自私，一邊搬，一邊吃，一「蟻斤」的食物，搬到窩裡，只剩一「蟻兩」，那少了的部分就在他的「蟻胃」裡。有的螞蟻很廉潔，一「蟻斤」的食物搬到窩裡反而增加兩三「蟻錢」的重量，那是牠滴落在食物上的「蟻汗」的重量。

要是我在那裡多住幾個月，我就更能發現每一隻螞蟻都有自己的內心生活。牠們的夢，牠們的幻想，牠們的野心，一定也非常「多采多姿」。雖然我沒辦法證實，但是我實在沒法兒相信螞蟻僅僅是一個「群體」，是一堆「全自動」的小機器的「總和」。

我們對人群社會的了解，正跟我們對螞蟻社會的了解相反。我們看不見那個群體，只看見個人跟個人的分歧。不過，如果我也能像「愛麗絲」在奇境裡那樣，能吃到一塊「使自己變大」的糕，大到不得不說一聲：『再見了！我的腳！』因為我的腳已經在我的鼻尖的千里之「下」，那麼，我所看到的人群社會必定是另外一種情形，我所得到的必定是另外一種印象。

我會看到，夫妻雖然不忍別離，可是只要大公雞一啼，鬧鐘一叫，丈夫就得刮臉，繫領帶，拿皮包，穿皮鞋，匆匆忙忙由靜巷走進大街去趕公共汽車上班。我會看到，夫妻雖然吵架，妻子一樣得起來燒飯，如果真正氣得「沒有燒飯的心情」，至少也會賭氣說一聲：『不燒飯啦，自己喝豆漿去！』丈夫雖然氣得含怒出門，到了月底或月初，一樣得把薪水帶回去養家，交水電費。

如果（我是愛看家家夫妻恩恩愛愛、白頭偕老的）夫妻真鬧翻了（這不過是舉例），那麼，在現代社會所能容忍的「變動」下他們也許會有新的「人事調整」，但是他們永遠鬧不翻「家」這個可愛的「內容」跟「形式」。

在人群社會裡，你不必為「離家出走」的人擔心，因為他不可能「出走」到月球去；因為最後，他終歸會「在」另外一個「家」裡。除了荒野以外，人群社會裡沒有真正的流浪，只有「從這個社會圈子走進另外一個社會圈子」。所謂「嬉皮社會」，對嬉皮來說，也還是一個社會。

我，這個巨人，所看到的人群社會「會」完全跟螞蟻社會一模一樣。我只看到一個群體，我會忽略了這個群體裡的個體跟「個體所具有的個性」。我會只看到一個由「合作」的方式所造成的「大生存體」，承認那是「生物界的奇蹟」；但是，我會完全忽略了個體的悲歡離合，喜怒哀樂。

我的意思是：在人類社會裡，「合作」的方式幾乎是一種「定命」。我們固然可以選擇「只跟司馬先生合作」，「不跟司徒先生合作」，但是我們對於跟「人」合作是完全沒有選擇餘地的。你拒絕了「司馬」，排除了「司徒」，但是還會來一個「司空」先生，「被安排」著跟你「合作」。甚至你連「司空」都驅逐了，還是會蹦出來一個姓「司寇」的候補人。甚至你把一切姓中帶「司」字的人都趕得遠遠的，那麼，姓「歐陽」的到了！

如果你是要找一個「完全按你的意思」跟你「合作」的人，你會忙一輩子，結果一無所獲。懂得跟人合作，是一種很難得的「人生智慧」。懂得跟人合作的人，可以完成偉大的功業，可以發大財，至少至少，也可以使自己的生活幸福些，使自己彈奏的人生音樂沒有「由摩擦造成的噪音」。你也知道，夫妻合作會給一個家庭帶來多大的光明！

我所見過的少數最傑出的「不懂得合作」的人，都有一個共同的毛病，那就是他自己編的那部詞典裡，對「合作」的解釋竟是：『一種完全按我的意思進行的隨心所欲的情況。』對於「合作者」或「夥伴」的解釋，竟是：『我肚子裡的一條蛔蟲。』

「跟人合作」的真正含義，應該是：「設法跟一個跟自己並不完全一樣的人相處共事」。「合作」的含義，也就是：「對不完全按我的意思進行的情況」的「接受」。

像樹上的葉子一樣，世界上也不會有兩個完全相同的人。「外在」的相同已經不可能了，「內在」的相同更不可能。懂得合作的人懂得在整體的差異中找出「部分」的相同，並且格外的珍視這一份「部分的相同」。然後他「容忍」相異，「享受」相同。

中國歷史上兩個姓「希有的姓」的人的故事，是境界很高的「合作」的實例。他們一個姓「廉」，一個姓「藺」。你已經知道我說的是誰。你也知道我指的是哪一個故事。他們的故事出現在一個姓「司馬」的人所寫的歷史著作裡。

在廉頗的心目中，藺相如是一個「出身卑賤的人」，只不過是有一「條」會說幾句廢話的舌頭，根本沒上過戰場，恐怕連徒手操都不能及格，竟然被拜為上卿……。所以廉頗揚言，只要見到藺相如，「必辱之」。

這就是廉頗拿自己的標準來衡量藺相如，當然會認為藺相如「一無可取」了。

藺相如當然也可以拿自己的標準，很不客觀的衡量廉頗：『他是趙國的將軍，權勢最大，是趙王唯一的依靠，但是遇到秦昭王有意來挑釁，竟然頭昏腦悶，拿不出一點辦法來。這種可笑的腳色，竟然也被拜為上卿！』

兩個人互相奚落，秦昭王就有戲看了。但是藺相如並不那麼主觀。他知道自己跟廉頗，愛國心一樣強烈，一樣是國內少數最有勇氣的人之一，他們的「合作」，等於是趙國「最佳的國防」。至於廉頗那種「只知道武功管用，不承認智謀也很要緊」的偏見，他認為是可以容忍的。

像藺相如這樣懂得「合作」的道理的人，必定是智慧很高的。他的終於「位在廉頗之上」，我認為是完全合理的。而且藺相如「如果」不在趙王那兒當公務員，自己去經商，像他那樣懂得合作的人，也會發大財，也終歸是要「富在廉頗之上」的。

希望家庭美滿的，無論是先生，是太太，也該學學藺相如。

談「處世」

如果你不喜歡一個人，不管你怎麼假裝，遲早總會被發現。倒過來說，如果有一個人不喜歡你，不管他怎麼假裝，也終歸會被你發現；有時候甚至不必等到「終歸」，你一下子就能發現。

「處世」是人人必須學習的生活藝術，但是這種藝術所講究的並不是「怎樣偽裝」。它所講究的是「怎麼樣才能夠使自己多喜歡幾個人」。能多喜歡幾個人，生活就有意思些，快樂些，幸福些。當然，這裡頭也包括「怎麼樣去幫助不喜歡你的人，使他認識你的美質和價值，變成一個喜歡你的人」。

「處世的藝術」也跟其他的藝術一樣，從「真誠」出發，通過「善意」，達到「完美」。如果真有那麼一個傻瓜，錯認「處世」可以由「虛偽」開始，那麼他的道路就只有「不斷的欺騙」一條，而且在終點上等他的，必定是「邪惡」。

學習「處世」的人，最應該上的第一課，就是先要「對自己誠實」。他應該把他周圍的人，把他必須「處」的人，用「二分法」分成兩類，一類是他喜歡的，一類是他不喜歡的。

『這個人我一看就喜歡！』他應該說。

『這個人我一看就不喜歡！』他應該說。

學習「處世」的人，從一開頭就不要欺騙自己。他應該很坦白，很坦然，很自由，很自在的把他周圍的人分成兩類。他應該很快樂的告訴自己：『我已經把我周圍的人分好了。我要喜歡我所喜歡的人。對於我所不喜歡的，我只好不喜歡了——對不起。』

我們有理由這麼說：『處世並不是很難的。你只要去喜歡你所喜歡的人。你所不喜歡的，完全不必勉強。你甚至可以常常提醒自己說，這個現在跟我說話的人，是我所不喜歡的。』

當然，這種純真的「二分法」會造成許多尷尬有趣的現象。有的人，你非常喜歡他，可是他偏偏並不喜歡你。遇到這種情形，你根本不可能受到任何傷害——記住我們談的是「處世」，並不是那種「必須依靠回報來完成」的「戀愛」。對於你所喜歡的人，你會很自然的多關心他一點兒，多幫助他一點兒。他的回報固然可以使你快樂，他的「不回報」也一樣使你快樂，因為你是「自自然然的喜歡他」。你心中只有「奉獻」。

另外一種人是你並不喜歡他，可是他偏偏非常喜歡你。聰明的人都知道，這在你並沒有什麼損失；不但沒有損失，簡直是占了便宜了。

人與人之間的關係，最令人心醉的，是「你非常喜歡他，他也非常喜歡你」。這種良好的關係，會給你帶來幸福的感覺，根本不是一種可以叫做「處世問題」的問題。

人與人之間有四種關係，我們已經提過三種：「你喜歡他，他也喜歡你」，「你喜歡他，他不喜歡你」，「你不喜歡他，他偏偏喜歡你」。我們很輕易的「處理」了處世問題的百分之七十五。所剩下的，只有四分之一。它就是可以考驗我們的智慧的第四種關係：「你不喜歡他，他恰好也不喜歡你」。這一種關係，也許正是「處世問題」會成為「問題」的真正原因吧。

處理這種「不幸的不良關係」，最應該謹慎，也最應該運用理性。不過，事實上，它並不是很難處理的。許多人處理這種關係，遭遇到失敗，最基本的原因是他心中沒有「公平的觀念」。

我們「不喜歡」一個人，通常不必事先「徵求對方的同意」。喜歡就是喜歡，不喜歡就是不喜歡。我們不必「委屈」自己，「勉強」自己。因此，你也應該尊重對方的這種權利。這也就是說，如果對方對待你不好，那是「公平」的，你沒有理由責備對方。

有一種人，有一種古怪的邏輯，他埋怨說，他對待「他所不喜歡的人」很好，「可是對方並不回報」，認為這是對方的不是。這種「運用古怪邏輯」的人，都是缺乏真誠的，至少，他有「虛偽」的傾向。把單純的「處世問題」弄得非常複雜的就是這種人。

我們對待我們「所真心喜歡的人」很好，儘管對方始終不回報，我們一點兒也不難過。因為這是一種「愛」的「外射」，是向我們所喜歡的人「空投」美意的糧包，並不是拋出釣餌。這種「愛的外射」，是人類的高貴天性之一，是大丈夫常有的。

沒有人強迫你去對待你所不喜歡的人「很好」。如果你這樣做，一定得不到什麼「收穫」，你一點兒也不該怪別人。人與人之間的許多糾紛跟爭吵，都屬於這一類：一個人，先對「他所不喜歡的人」很好；然後抱怨，或者痛斥那個「同樣也不喜歡他」的對方不回報。試想，對方既然「也不喜歡他」，怎麼可能回報？

處世藝術的最高境界，不是靠著「對待你所不喜歡的人好」這種虛偽的教條所能達到的。這種虛偽的教條只能製造更多的爭吵，更多的糾紛。處世的基本原則是「誠實」。你可以不必對待你所不喜歡的人好。同時，你也不要忘了對方有「不喜歡你」的權利。你應該尊重對方的這種權利。這種「互相尊重」是建立在公平的原則上的。

不過，一個人的處世能力，如果「僅僅能夠達到這樣的水準」，那麼，他所能享受的人生樂趣，當然也只能是一種「有缺陷的樂趣」。這個，他自然會「毫無怨尤」的去忍受。我們用不著為他操心。

我所讚美的，是另外一種境界更高的君子。他，這個君子，通常並不輕率的下「我不喜歡這個人」的判斷。他始終把「他不能一下子就喜歡」的人，完全看成一本「他不能一下子就看懂的書」。他第一遍看不懂，再看第二遍，一邊看，一邊體會。慢慢的，他會發現這本書的許多「隱藏的優點」，都不是粗略一看就能看出來的。他發現這本書的第一個優點，然後發現第二個，然後發現第三個……。他越看越愛，越看越喜歡。這也就是說，在對待人方面，他很誠懇的，像挖金礦似的去挖掘別人的優點，一直到他「也很喜歡那個人」的時候，「才」憑著「喜歡他」的心情去對待那個人好——用一種「不求回報」的好心情去對待那個人好。

他不是那種「故意對待所不喜歡的人好」的虛偽先生。他是誠實的君子，不施用釣餌，不欺騙自己，不在乎回報不回報。

一個人的處世能力能達到這樣的水準，就可以算是進入藝術的境界。這種「藝術修養」是靠著「長期有恆的努力」得來的。到了爐火純青的時候，他跟任何人接觸，一下子就能找出對方的優點來，就像找出對方鼻子的位置那麼簡單。

在這個君子的眼中，所有跟他接觸的人，幾乎沒有一個人是他所不喜歡的。他的心情就像小孩子進了玩具店。既然他是因為「喜歡」才對待人好，就像送人禮物貼上「不必回報」的標籤一樣，所以他也就永遠不上當。

我們有理由相信這樣的君子「心中必定有太陽」，具有感化人的力量。一個最壞的強盜儘管打家劫舍，遇到這樣的君子，至少能夠做到不「搶」他！

處世的道理是很簡單的，只有「虛偽」才使它變成亂麻。

談「人緣」

一般人都認為一個人「人緣」的好壞，決定在他的相貌、氣度、性情跟身上所穿的衣服——還有頭上的頭髮。不過，事實上事情並不那麼簡單。除了前面列舉的那些因素以外，還有一個最有「決定性」的因素。我知道那是什麼。

相貌是獲取「人緣」最省事的方法之一。我的意思是指「不必經過任何方式的努力」。「美如冠玉」的人，常能給人一種「視覺上的舒適」，使人產生「能有機會幫你一點忙，實在是我最大的榮耀」的那種好感。這個「玉人」所有的一切「普普通通的長處」，都很容易使人發出「太難得了，太難得了」的讚嘆。甚至他隨便開口說一兩句話的聲音，都會使人感到那是迷人的磁性的聲音。

「美」是會感染的。「美的征服」勝過「暴力的征服」。我還沒遇到過在「美的征服」下還想造反的人。那句被大家說熟了的「油膩膩的話」：『愛美是人類的天性。』實在是有道理的「寫實」的話。

不過，我們仍然不要忘記「美」是視覺上的。一個「美如冠玉」的人，雖然很容易跟別人建立「視覺上的良好關係」，但是並不一定人緣就好。人緣指的是「整個人格」跟「整個人格」的良好關係，並不僅僅指視覺。

漢朝的陳平，是有名的「美貌丞相」，智商又高，但是對周勃、灌嬰兩個人來說，他人緣並不很好。這兩個將軍在背後說過他的壞話，話中的意味是：『光漂亮有什麼用！』我們明明知道陳平丞相並不是一個「光漂亮」的人，但是我們很容易找到「視覺上的良好關係對人緣並沒有決定性的作用」的例證。

「氣宇不凡」，也很容易引起別人的好感。我們只要看看美國華府那些「得票最多」的政治家，都是大頭，大胸，大腹，大胳臂，大腿的「巨人」，就知道他們得來的票，有一半以上是「視覺的喝彩票」。齊景公的宰相晏子，如果參加競選，在美國是要吃虧的，因為美國選民顯然的都喜歡選「大」人。

不過，我仍然不認為「大」對人緣有什麼決定性的作用。我們中國人向來有喜歡「傻大個兒」的傳統，不過那是指「智商略低一點」的大個子。如果塊頭又大，智商又高，就不受歡迎了，因為威脅性太大。

我們已經慢慢接近那個謎底：是什麼決定了人緣的好壞？

「性情」也許是大家想到的答案，但是並不完全對。「好脾氣」確實是一種美質。「性情溫和」當然受人歡迎。可惜的是大家並沒真正想到「溫和的性情」受人歡迎的真正原因並不在「溫和的性情」上。颱風跟惠風都是風。大家不討厭惠風，因為惠風不造成災害。可是「人緣」並不僅僅指「不討人厭」，人緣還包括「吸引力」在內。「溫和的性情」最缺乏的恰巧是「人緣」的最重要的成分——吸引力。

一個一天到晚非常溫和的人，最符合「隱士條件」的要求，因為他常常被人遺忘。形容一個「老是被人遺忘的人」是人緣最好的人，實在有些勉強。一個人緣好的人，不應該是一個「沒有人認識的人」。

我們還應該提衣服跟頭髮。衣服整齊，容易得人好感。衣服穿得像個暴發戶，容易引人注目。我們對一套剪裁合度的西服裡的那個人有好感。我們對綠色的西服，寬得像餐巾的金絲織成的領帶，大得像圍棋子兒的袖扣，都好奇，都忍不住想再看一眼。這跟吸引力有關，也跟人緣有關，不過都只能算是「非決定性」的因素。

頭髮也一樣。每星期花四十五塊錢理一次髮的人，他的每月一百八十塊錢所造成的好成績，會比一向頭髮散亂像雜草的人容易得人好感，但是這跟「人緣」的關係也並不是很大的。到處都有頭髮修剪得很整齊的「不受歡迎的人物」。

決定一個人「人緣」的好壞的，全看那個人「對別人尊重」的程度。這就是謎底。這並不是祕密。

一個人緣很壞的人，最喜歡列舉自己的種種他自稱是「美德」的美德，那「才是」他人緣壞的真正原因。他就是不肯提到自己最嚴重的缺點：不尊重別人。

『我太率直，有什麼說什麼。我講是非，不模稜兩可。當然我容易得罪人。』他說。

他的邏輯是：凡是人緣好的人，都是虛偽的，是非不分的，懦弱而且沒有勇氣的。這實在是一種荒謬的邏輯。

對太太說『你穿那條迷你裙，簡直不成體統！』的人，一定是一個人緣很壞的人。（這只是舉例，我並不反對迷你裙，也不反對像餐巾那麼寬的領帶。我喜歡看人類試穿各式各樣的衣服。）

我不是「太太」。如果我是「太太」，我一定不能接受這「出口傷人」的「率直」。

『我覺得它太短。你自己有沒有這種感覺？』這已經是夠率直的了——如果我們心裡還尊重太太的話。

『太短了。』甚至連這種「率直」都是可以接受的。

壞就壞在「簡直不成體統」這種帶有侮辱性的字眼。這是對人的一種極端的不尊重。何必嫁禍給「率直」？

我從前訪問過一個人緣很壞的人身邊的一群朋友，發現一個很有趣的現象。那個「壞人緣」的人有一種「用刻薄的話損傷人」的天才。他的「敢怒敢言」的朋友一個個早就離他遠去。留下來的少數「敢怒不敢言」的朋友，都像芯子比較長的爆竹，一個個都已經點著了，早晚要爆炸。那個不幸的天才，實在應該被形容成「點著紙捻兒到處找爆竹」的忙碌的人。

人緣好的人，都有一個特色，就是對別人尊重。他愛自己的太太，所以也不忘問候別人的太太。他疼自己的兒女，所以對別人的兒女也有濃厚的興趣。他自己有了過錯受人責備的時候，總盼望對方有個分寸，不過分侮辱他，不使他回家無顏見太太跟子女；因此別人有過錯的時候，他責備人也很有分寸，也不敢帶一點侮辱意味，不使別人回家無顏見太太跟子女。

他有事求人，總盼望別人要是拒絕的話，不要太使他難堪；因此他拒絕別人的請求，總要誠懇的表示歉意。他受批評的時候，希望批評者要公平誠懇；因此他批評別人，總是誠懇公正，不敢貪圖一時的快意。他有好的意見，希望別人能聽他說完；因此別人表示意見的時候，他總是耐心細聽。他希望別人跟他說話，面部表情不要太凶惡；因此他跟人說話，總是心平氣和，臉上帶著微笑。

一個人緣好的人，通常都是「把別人看得像自己一樣尊貴」的人。任何人跟他接觸，都可以享受一次「受尊重」的快樂，所以他也是極有吸引力的人。

傲慢的態度是「人緣」的致命傷。經過打扮的「傲慢」，仍然像戴花兒的狼。真正人緣好的人，都有一種率直的，不造作的對人的尊重，那種美質，最使我傾心，真是美得難以形容。

快樂的人

我最喜歡觀察快樂的人，研究他快樂的原因。我所得到的結論使我自己非常驚奇。

原來使人不快樂的竟是「人」。快樂的人都有一種很特殊的本領。他不但能使「人」不成為他不快樂的原因，而且還能使「人」成為他快樂的原因。是「人」使人不快樂。

一個生病的人可能很不快樂。他認為那是「病」使他不快樂，是肉體的痛苦使他不快樂。事實上並不完全是這樣。他不快樂的原因，實在是因為他想到世界上所有的人都很健康，唯獨他一個人要受這個罪，所以他就不怎麼快樂。

如果世界上所有的人都病得像他那麼厲害，都有跟他相同的肉體的痛苦，他就不會那麼不快樂了。

我們不能像武俠片子裡的俠客那樣，往下一蹲，往上一挺身，呼的一聲，就由平地「飛」到城牆上去。但是我們並不因此「不快樂」。我們知道別人也同樣的飛不起來。他們如果想到城牆上去，不走臺階，就得爬雲梯，沒有其他更好的辦法。我們知道不會有人圍在四周，指指點點的說：『快來看哪，這裡有個不會飛的人，竟敢到江湖上來走動！』因此，我們都不因為「不會飛」不快樂。

一個會飛的人，毫無疑問，一定比別人快樂。那是因為別人都不能飛，只有他能飛得像一隻燕子，所以他才覺得快樂。如果我們人類根本就是背上長著翅膀的，個個都是飛得很出色的，那麼，他就不一定那麼快樂了。

一個愛辯論的人如果不快樂，依我的看法，除了對方太不講理以外，還有一個原因是大家都說對方「對」。如果他快樂，除了對方逐漸的「理屈詞窮」以外，還有一個原因是大家都說對方「不對」。一個愛辯論的人的快樂不快樂，很少跟辯論的問題本身有關。

我所說的這些不快樂的原因，都跟「一般人」這個概念有關。「一般人」都能怎麼樣，你偏偏不能那樣，你就不快樂了。一般人都不能怎麼樣，只有你能那樣，你就快樂了。

除了這「一般人」的概念以外，還有個別的「個人」，也會使你不快樂。

希臘哲學家蘇格拉底，有一天清晨為了一個問題站在院子裡沉思默想，到了中午還沒想通，到了傍晚還沒想通，到了半夜也還沒想通。一直到第二天的清晨，他

「悟」出道理來了，才唱著頌神歌，回到屋裡去。我們可以想像得到，他當時心裡一定很快樂，因為抽象的思維，確實也是一種樂趣。

不過，如果蘇格拉底正要回屋裡去的時候，忽然遇到一個鄰居，假定那鄰居的名字叫做「維尼齊洛斯」。「維尼齊洛斯」說：『你到底是人是鬼？你看你臉色鐵青，眼睛睜得那麼大，鬍子也不刮！灰頭土面的，是個晦氣星。一大早出門偏遇到你，真是倒楣。一往地上吐了一口痰，又說：『呸！』

情形如果真是那樣，我想，蘇格拉底的快樂就要消失，甚至還會因為「虛火上升」，跟「維尼齊洛斯」吵了一架；或者心中悲哀，伸手摸摸自己的臉說：『我真的那麼醜嗎？我的面容真是那麼難看嗎？難道我一日一夜的思想，不但不能使我臉上發出「智者的光輝」，反倒使我樣子像個厲鬼嗎？』

如果他不碰到「維尼齊洛斯」，他的快樂也許可以維持得長久些。碰到「維尼齊洛斯」，他的快樂就消失了。

快樂本來是一件簡單的事情，快樂本來是「自己」的事情，只要我們能不遇到「使我們不快樂的人」，只要我們能一個人過自己的生活。可惜的是，「不遇到使我們不快樂的人」是不可能的，一個人過自己的生活也是不可能的。

一個不快樂的人常常會說：『我本來是高高興興的，但是偏偏遇到這麼個人……。』可見快樂也不是一件簡單的事情。

《聖經》上說，亞當有夏娃作伴兒，日子就過得很快樂。事情不一定那麼簡單。亞當出去打獵，追一隻野兔，追得筋疲力竭。回家的時候，他想：『我只要好好兒的躺著睡一覺，恢復恢復疲勞以後，又可以跟夏娃說說笑笑，過我們快樂的家庭生活了。』

可是一回到家裡，夏娃說話了：『我一個人整天守在山洞裡，悶得很。我不管，你得陪我去游泳。我最喜歡在夕陽無限好的時刻游泳。』

亞當累得要命，很想大睡一場，但是他知道，如果他說：『不行，我要先休息休息。今天不游泳。』夏娃一定會哭。

他只好苦撐著，陪夏娃走了好幾「古里」的路，來到「幼發拉底」河或者「底格里斯」河。夏娃撲通一聲跳下水，快樂的笑著。亞當因為不能得到適當的休息，忽然脾氣暴躁起來，臉色變得很難看。

後來的發展，是我們想像得到的。亞當不快樂了，夏娃也不快樂了。

如果有一個住在深山裡的隱士告訴你，說他是很快樂的，你勉強可以相信，因為那是有「可能」的。如果他又告訴你，另外還有一個人跟他住在一起，像伯夷、叔齊一樣，那麼，你就不能完全相信。這要看他們兩個人是不是都有很高的智慧。

每一個人都相信自己本來很快樂，可是後來偏偏遇到一個「不合適的人」，才使他「不快樂」起來。這種想法，大致正確。不過我們要留意的是，這個熱熱鬧鬧的人間並不是以你一個人做主體，你自己也很可能是別人所埋怨的那個「不合適的人」，你自己也很可能就是使別人不快樂的「原因」。

我們都相信，一個人只要奮發向上，自強不息，有最充實的精神生活，就可以得到快樂。這並不是一定的，如果你每次上街都遇到「不合適的人」的話，情形就要完全改觀。

既然快樂或者不快樂都跟「人」有關，那麼一個人的快樂的根源，也就在「跟人有關」的那個地方了。那就是「寬恕」、「諒解」、「同情」、「容忍」跟「仁愛」。一個正直，光明，奮發向上，自強不息，最有「可能」獲得快樂的人，如果不懂寬恕、諒解、同情、容忍跟仁愛，照樣會很不快樂。

蘇格拉底「悟道」進屋的時候，假定他真的遇到了那樣一個「令人不快樂的鄰居」，他的寬恕的美德，必定會使他很愉快的想：『好鄰居呀，我已經有二十四小時站在院子裡不睡覺了。我的形容當然會很難看，樣子當然會像個鬼。你看到我就心裡厭惡，這實在不能怪你。可是我忽然想出一個可愛的道理來，心裡的快樂真是言語所沒法子表達的。好鄰居呀，可惜你不懂啊！等我回去大睡一場，晚上你賣完菜回來，再好好兒的說給你聽吧！』

我相信蘇格拉底絕對不會因為鄰居說他像個鬼就不快樂的。他是一個智慧很高的哲人。

寬恕、諒解、同情、容忍、仁愛，才是真正快樂的根源。

一個快樂的家庭所以能那麼快樂，並不仗著家裡每一個人都有很高的成就，都有很健康的身體，都有很「豐厚」的收入。

快樂的家庭裡，儘管每個人都有這樣那樣的缺點，但是因為大家能互相寬恕，互相諒解，互相同情，互相容忍，互相敬愛，所以自然使人覺得溫暖快樂。

這也就是「快樂的人」的祕密。

談「對等意識」

人類很容易接受道德觀念，因為人類都有「對等意識」。

我從自己的照片上，很容易的發現了許多「對等」。臉上，左邊有一道眉毛，右邊「即刻」就有另外一道眉毛來「呼應」。我的「靈魂的窗戶」有大小完全相等的兩扇窗門。我呼吸，並不「一個鼻孔出氣」，它是雙管道的，氣流進出，雙管齊上，雙管齊下。甚至連管收聽廣播的耳朵，也有兩個，一個專管收聽「東方廣播電臺」，一個專管收聽「西方廣播電臺」。

我打桌球，雖然只用一條胳臂，但是我還得靠另外一條胳臂的擺動，來維持身體的均衡。雖然我永遠不能用「兩條腿」走路，我邁步永遠只用一條腿；但是沒有兩條腿，我怎麼能進行走路所必需的「交替活動」？

對等現象造成對等意識，所以我們接受道德觀念一點也不困難。當然，我們也沒法兒否認，「對等意識」一方面也很容易使我們接受相當不道德的觀念，例如：以眼還眼，以牙還牙。

我們先談「對等意識」怎麼使我們適應道德的觀念。

聽到「你應當愛你的鄰居」，我們很快的就會想像到一個笑咪咪的好鄰居，人好，心好，什麼都好。這樣好的鄰居，這樣一個一天到晚笑咪咪的鄰居，當然值得馬上去愛，即刻去愛。我們會覺得愛這樣的一個鄰居，並不吃虧。

「你應當愛你的鄰居」這句話裡的「鄰居」，指的是人跟人的一種「關係」，並沒說明這個「鄰居」的性質。我們的「對等意識」使我們相信既然是應該愛的，當然是可愛的。這個時候我們所接受的「愛」字，實際上並沒有什麼深刻的意義。

我相信一個因為愛鄰居「吃到虧」的人，第二次再聽到「應當愛你的鄰居」，一定會先問：『什麼樣的鄰居？』我們可以很明顯的看出來，這裡頭含有相當強烈的「對等意識」。

如果我們知道「你應當愛你的鄰居」的真正含義是「你應當愛你的壞鄰居」，我們一定會大吃一驚。耶穌在〈登山寶訓〉裡所說的「有人打你的右臉，連左臉也轉過來由他打」的話，一定會使聽眾發出不滿的嗡嗡的聲音。

耶穌的意思很簡單：

有「對等意識」的人，根本就不配談「愛」字。以「對等意識」作基礎的愛，是人人很容易接受的愛，因為它實際上就是「以眼還眼，以牙還牙」的翻版。這種不夠深刻的愛，又何必等人來提倡？

父母對子女的愛，是一個寶貴的實例。這種愛是不含「對等意識」的。父母如果拿「對等意識」做基礎來愛子女，很快就會發現子女「並不十分可愛」。通常都是「虧本的愛」。「虧本」就是犧牲，所以最高的愛都含有犧牲的性質。

我有一個「喜歡幫助朋友」的朋友，有一次生病，孤單的躺在醫院病房裡。我是去探病的，帶著一把花。在病房門口，我站了一會兒，先把想說的話準備好。但是我進門以後，遇到的是完全不同的情況。我沒有機會說出我想好了的安慰的話，我完全沒有那種機會。他所談的，完全是我這一方面的事情。他對我的興趣，大大的影響了我，使我對「我這個人」也發生了濃厚的興趣。我所熟悉的「自己」，竟對我發出美麗的，奇異的，陌生的光彩。

我告辭的時候，他很愉快，但是也懷著歉意的跟我說：『好多日子沒去看看他們了。要是問起，麻煩你替我說一聲，我生病了。』

他所說的「他們」，是指他的朋友們。在他生病的時候，他覺得對朋友們「失職」。他把「愛朋友」當作他該做的、要做的事情，心中完全沒有一絲絲「對等意識」。我到病房去探望的，實在不是一個「病人」，實在是一個「不病的人」，一個格外健康的人。

大家知道一個很肯幫助朋友的人，必定是沒有「對等意識」的人，因為「對等意識」會阻礙一個人不斷的去幫助朋友，關心朋友。倒過來說，那些一天到晚抱怨朋友「不義」的，「對等意識」必定非常強烈，他並不真正的想幫助誰。

「對等意識」也相當嚴重的影響社會的進步。『如果大家都排隊上公共汽車，沒有一個例外，我當然也做得到。』這種想法非常普遍。可是我們不可能在「大家都排隊上公共汽車，沒有一個例外」的局面形成以後，「才」提倡大家都排隊上公共汽車。事實上，「排隊上公共汽車」這種良好習慣的養成，是靠少數的人。這些「少數人」在別人都不肯排隊上公共汽車的時候，仍然「排隊上公共汽車」，毫無怨尤。他們的氣度跟風度，形成一種穩定的力量，能安慰那些受「對等意識」折磨的人，使那些「對等意識」非常強烈的人，注意到世界上還有一些幾乎完全沒有「對等意識」的人，卻仍然活得那麼好，那麼安詳，那麼愉快。在分析過「對等意識」的含義以後，我們就可以談到「無對等意識」的運用。善用「無對等意識」，可以在現實生活裡獲得「幸福」。對追求人生價值的人來說，只有善用「無對等意識」，才能夠使他進入「偉大」。

追求「誠實」美德的人，不必勞師動眾邀人來開會，相約「大家都要以誠實待人，不許有一個例外」。他應該先拋棄「對等意識」，存有「建立自己獨特風格」

的雄心，像林肯一樣，做一個「誠實的亞伯」，使自己發出「誠實的光輝」。他自己發光，不跟任何人記什麼「來往帳」。

如果有一天，他能「修」到使自己的誠實像陽光，不但照好人，也要照壞人；使自己的誠實像雨露，滋潤好人，也滋潤壞人；那麼他就會自然蘊積一股「感化的力量」，那就是「偉大」。

我相信，這樣的人，絕對不會為了追求美德而吃虧，因為他早就拋棄「對等意識」，形成一種「無限的財力」，永遠跟「周轉不靈」無緣。

尤其重要的，他不會使自己「變態」——從一個歌頌誠實的人變成一個完全相反的歌頌「不誠實」的人。

我見到許多實行「以愛待人」的人心中懷著仇恨，充滿隨時變成「以恨待人」的危機。這是因為他「以愛待人」的時候是記「來往帳」的，所以他很容易發現自己的帳本兒上出現赤字。他很容易由愛轉恨，深信人性是醜惡的，罪惡的，因此決心「以牙還牙」。這種人是很不幸福的。

其實，我們都知道「人性是善的」跟「人性是惡的」，都是缺乏充分證據的假定。其實人性只是一種「可能」罷了。人性接近發光體，就有了光；進入陰影，就被黑暗所吞沒。

一個英語國家的作家說：『「誠實是最好的策略」這句話也有缺點，因為人只要一旦發現誠實「無利可圖」，他就會很明智的放棄這種無效的策略。』

一個人如果心中存著一個「對等意識」去追求美德，他不但得不到「幸福」，成不了「偉大」，甚至會在最後失去了他本來所有的其他的美質。美德像陽光，有「照耀」的意味，本質上不是「交易」。「對等意識」卻是。

偉大的妒忌

一個男人所以能夠跟衣服穿得比他華美大方的鄰居坦誠談笑，這是有原因的。既然男性都是愛美，愛炫耀，像「公孔雀」，那麼在「服飾方面的強烈對比」下，在「自己顯然處於劣勢」的情況中，他還能那樣安詳鎮靜，難道會是完全沒有原因的嗎？

從「心理觀察」的記錄中，前面所提到的那個「一個男人」，照理不是跟鄰居避不見面，設法「絕交」，就是編造種種故事，證明鄰居那一身衣服是「不道德」的「所得」。但是那「一個男人」並不這樣做。這個不平凡的事例，說明了那個男人的不平凡。

他，那個男人，很顯然的具有一種可貴的「自豪感」，相信自己在更高層次的比賽中早已經獲勝，所以也就不大在乎，甚至完全不在乎那種「低層次」的，「無關痛癢的退卻」，就像一個出色的大賭徒不在乎在玩彈珠的時候，輸給小孩兒一個玻璃球。他甚至能在「輸掉」的時候，伸手摸摸小孩兒的一頭漂亮的黑髮，而且笑得很開心。

這個不平凡的男人的「心理火車」所走的軌道，就跟地圖上那種「一節黑，一節白」的鐵路線一樣明顯：『我現在的樣子雖然比你寒酸得多，但是我比你有錢。要是我真打扮起來，我做得起比你這一套還要華貴得多的衣服。不錯，你的領帶已經相當寬了，但是我如果真想繫一條「比餐巾還寬的領帶」，我也付得起那一筆算不了什麼的費用。你的珊瑚袖扣確實又大又紅，確實很出眾。但是，只要我願意，我要使我的袖扣大得像銀圓，也並不難。不過，對不起，我並不想在這方面「花傻錢」。』

『我穿的衣服是比你寒酸，但是我的社會地位比你高得多。要是咱們就這樣兒雙雙的去參加一個酒會，你在別人的心目中不過是「那個穿得漂亮的無名小卒是誰呀」，而我，在那種大場合裡一出現，四周的那些伸得長長的友誼的手，像箭，紛紛向我射來，一下子就會使我的右手成為「世界上最忙的一隻手」了。』

這種「心理軌道」，可以使人「免於妒忌」，跟鄰居和睦相處。不過，要修到這種境界，就要靠努力，甚至是一生的努力。「自豪感」不是白白得來的。它是一種努力，一種成就，一種造詣，一種「工力」，一種信心；不是一種空虛脆弱的幻想。

有恆的努力的結果，是為自己造成一個有特色，有個性，色彩非常濃厚，別人無法相比，無法競爭，沒法奪取的「自足的世界」。一個出色的作家能夠不怕洩漏自己對科學的無知，一個很有成就的科學家不在乎告訴人「自己文章寫不通順」，這都是由內心的滿足，由那種「自豪感」造成的。

杜甫的詩中，充滿酒香，但是這個愛酒人常常窮得「弄點兒錢買酒似乎都很艱難」。愛酒，可是連買酒錢都賺不出來；沒錢買酒，偏偏又染上酒癮；一個男人落到這步田地，誰見了他，都會覺得心煩，但是杜甫並不怕描述自己的可憐境地。這是因為他在「酒的購買力」方面雖然很沒出息，可是對於自己是「詩中的大丈夫」卻充滿自信，有充沛的自豪感。

人類就是用這種「健康的方法」來克制妒忌。據說，羽毛非常華貴美麗的「公孔雀」在「開屏」或「展屏」的時候，神態上就流露出這種自豪。英語的成語裡就有「自豪得像孔雀」的話。英國哲學家羅素，就是一個相信「孔雀不妒忌」的人。他說：『我不以為任何孔雀會嫉妒別隻孔雀的尾巴，因為每隻孔雀都以為自己的尾巴是世界上最美的。因為這個緣故，孔雀才是一種性情和平的鳥類。』

克制忌妒的最好方法，就是趕緊抓住一樣東西來努力努力，使自己也「成就成就」一點兒什麼。等到你真正賣了力氣，有了成績，心中自然會有「孔雀心情」。有了「孔雀心情」，自然就有雅量欣賞別人的福氣了。

「妒忌」裡含有「使人偉大的質素」。受「妒忌」煎熬的人，起頭難免會服用市面上的廉價的「成藥」：設法把別人的成就形容為「壞人的不道德的收穫」。等到他艱辛的完成「全世界都是壞人」的理論系統以後，他就會忽然發現自己內心的「無法形容的空虛」。那時候，無情的現實會逼他再回到正路：好好兒努力。

「妒忌」是偉大的喜劇。它會使哇哇啼哭的嬰兒變成一個成熟的人。

前面所處理的，不過是「妒忌類型」的一種。另外還有一種「優勢保持」的妒忌，處理起來就比較困難，但是，卻更有趣味。

俗話說：『人比人，氣死人。』一個每月收入一萬四千塊的人，一向跟一群每月收入一萬三千九百九十九塊的朋友相處得很融洽。不幸，有一天，這群朋友裡忽然出現了一個每月收入一萬四千零一塊錢的人。這個令人厭惡的「一塊錢」，會忽然使他痛苦不堪，因為這「一塊錢」顯然使他失去了保持了很久的優勢。

這個本來很快樂幸福的「高收入者」，一下子變成世界上最不快樂的人。他一下子變成一個「窮」得要為一塊錢不安，為一塊錢生氣，為一塊錢打孩子，為一塊錢罵太太的「苦惱人」。他會雙眼失神，無神，整天望空揮拳，喃喃的念叨：「一塊錢，哼！一塊錢，哼！」雖然他已經有一萬四千個「一塊錢」，但是這並不能使他快樂。他固執，堅持，一定要得到那「第一萬四千零一號」的「一塊錢」，相信只有那，唯有那「第一萬四千零一號」的那「一塊錢」，才能使他快樂起來。

患這種「優勢保持」妒忌症的人，快樂都是短暫的。別人的心目中以為他必定是「夠快樂」的了，誰知道他卻因為「一塊錢都沒有」，並不快樂。解決這種痛苦的方法，是在「人比人」的時候，要懂得聰明的選擇「比」的對象。

在比較「錢多」的時候，你不要選擇鄰居的裏理作你比較的對象，你應該選擇美國的「洛克斐勒」。你不要對那個裏理「妒忌得要死」，你應該有「志氣」去對洛克斐勒妒忌得要死。在你對洛克斐勒妒忌得要死的時候，鄰居的裏理就算不了什麼了。這種「聰明的選擇妒忌對象」的方法，會使你更有志氣，會引導你奮發向上，會使你有更高的成就，甚至，會使你更受人歡迎。

你與其選你的同學作「比較」的對象，妒忌他「年輕得志」，倒不如「改選」「甘迺迪」或者「尼克森」作對象。在你對甘迺迪妒忌得要死的時候，你的同學升科長對你就無關痛癢了。

拿破崙妒忌的是歷史上的凱撒，凱撒妒忌的是歷史上的亞歷山大。他們的「偉大的妒忌」，似乎正是他們能完成較大事功的主要原因。不要妒忌住在對面樓上那個得獎的詩人，你最好去妒忌杜甫。不要去妒忌住在巷子口兒那個獲得徵文第一名的寫小說的作家，你最好是「對曹雪芹妒忌得要死」。
選擇妒忌對象的祕訣是：選外國人，不要選本國人；選古人，不要偏偏去選在街上遇得見的現代人。更要緊的是，絕對不要選你認識的人！

和諧人生

一個人所以能夠快樂，當然有種種原因。不過，不管那原因是什麼，都必須建立在「和諧的人際關係」的基礎上，然後真正的快樂才能確立，才能維持長久。

《泰西五十軼事》裡，提到英國「笛河」邊的一個快樂的磨坊主人。他快樂得整天唱歌。國王問他為什麼能夠那麼快樂。他的答覆是：他喜歡他的工作，喜歡工作的環境，喜歡那條河，喜歡他的家庭，一句話，他喜歡「他就是他」。這是一種「知足常樂」的人生哲學。

「知足常樂」是很好的人生哲學，對安分的笛河磨坊主人很適用；對奮發有為的事業家也很適用，因為這種哲學能使他在遭遇失敗的時候不氣餒。

不過，我注意到一件細微的事情：如果那磨坊主人跟太太吵了架，或者跟鄰居不和睦，他的情緒就會相當低落。儘管他打起精神來唱歌，那歌聲必定會帶著點兒悲憤意味，使他那「知足常樂」的人生哲學發生動搖。他給人的印象，必定是「知足而不樂」。可見「人際關係的和諧」多麼重要！

我有理由相信，他的「知足常樂」人生哲學所以能發出光輝，主要的原因是：他那哲學是建立在「他跟周圍的人相處得非常和諧」的基礎上。

陶淵明是一個「回到自然」的傑出詩人，也就是通常我們所說的「與自然相處得非常和諧」的人。不過我注意到，陶淵明對生活在田園間的純樸村民，態度非常友善親切，彼此相處十分和諧。他所躲避的只是「某一種環境」，並不是「所有的人」。

如果陶淵明因為附近人家的狗，咬了他家裡養的雞，氣憤起來，跟村人吵了一架，那麼，恐怕就寫不出「狗吠深巷中，雞鳴桑樹巔」那樣生動有味的句子來了；那麼，他就會覺得「回到自然」並不是一件十分愉快的事。寧願再回到彭澤縣的任所去了。

一個人，不管他有多高明的人生哲學，不管他有多大的成就，如果他跟周圍的人相處不來，如果他的「人際關係」非常惡劣，那麼他就不可能有真正的快樂。

宇宙間天體的運行，是一個最佳的例子。我們現在所能看到的星球，都是已經達成「和諧關係」的星球。那些互撞的，摩擦的，早就已經消滅，就像賈寶玉所說的，化成灰了。我常常認為天上的星球是快樂的，因為它們「存在」在一個和諧的宇宙裡。

有一次，我在電影裡看到一個美國「父親」伸手摟著他兒子的肩膀，很親切的說：『我們是朋友，對不對？』

我們中國人的觀念裡，朋友是「五倫」之一，是「人跟人之間的一種關係」。如果把「父子關係」說成「朋友關係」，顯然是弄錯了「倫」，是「不倫不類」的了。但是在「英語世界」裡「朋友」是人跟人之間的一種「最和諧的關係」。父子之間能達到那種「最和諧的關係」，當然他們就是「朋友」了；如果達不到那種和諧的關係，那麼他們就只不過是「父子」罷了。

比較兩種略微不同的語意，並不是我的目的。我想說的是：人跟人的關係如果是很「和諧」的，就會產生一種快樂。這種快樂，對一向無法脫離社會生活的人類來說，幾乎是其他一切快樂的基礎。

要達到人際關係的和諧，並不是一件很難的事情，關鍵全在一個人「對人的態度」上。凡是能夠重視別人的優點的人，他的人際關係通常都是良好的。人際關係惡劣的，通常都是那些重視別人的缺點的人。

你所遇到的人，不可能就成為你的朋友，除非你「抓到了他的優點」。你所遇到的人，很可能一下子就成為你的敵人，要是你很介意他的缺點的話。

有一個朋友跟我提到一個實例。有個司馬先生，天生屬於「沒有一個人不討厭他」那一型。跟他接觸過的人，都認為他「整個人充滿了叫人無法忍受的缺點」。大家認為他傲慢，粗暴，自私，固執。可是這個「沒有朋友的人」，卻真摯的喜歡一個司徒先生，原因是司徒先生對司馬先生的「炒得一手好牛肉」非常激賞。結果當然是：司馬先生常常「像一個好太太似的」，把司徒先生請到宿舍裡去，吃他親手炒的牛肉。

司馬先生費時間，費精神，一次又一次的炒牛肉給司徒先生吃。他們兩個人一見面就談「炒牛肉」，成為一對親熱的「牛肉朋友」。

對其他的人來說，他們的世界裡「存在」著一個「令人討厭的司馬先生」。可是對司徒先生來說，他的世界裡並沒有那樣的一個人。他的世界裡所「有」的，是一個「精通炒牛肉的司馬兄」。司徒先生的世界，比別人的世界美得多。

一個懂得跟人和諧相處的人，總是把他周圍所有的人的優點拿來織成一幅「快樂人間圖」。一個不懂得跟人和諧相處的人，正好相反，他把他周圍所有的人的缺點，拿來織成一幅「人間地獄圖」。

以容忍的態度跟人和平相處，稍微帶點兒消極的意味，那不能算是真正的「和諧」。真正的和諧是你能「生活在別人的優點裡」，自自然然的，不帶一點勉強的意味。

在我年輕的時候，有一年，我們租了一位六十歲華僑的樓房的二樓，作我們的住家。他老人家很嚴肅，很難惹，對房客限制很多。父親勸我們行動要謹慎，不能得罪嚴格的房東，免得惹他下令搬家。父親很喜歡那個乾乾淨淨的環境。

我們下樓出門，一定要經過房東的客廳。我看他每天拿著一張報紙，很仔細的讀，態度非常嚴肅。因為有父親的囑咐，我不敢去惹他，總是輕輕的，匆匆的從他面前溜出門去。好幾次，我回家的時候，聽見他對父親訓話：孩子不可以這樣，孩子不可以那樣。

有一天，我回家，正好他看完報紙站起來，跟我面對面站著。我不能不想一句話跟他招呼招呼。結果我想出來的，也很自然的，是：『今天有什麼消息？』

『哪一方面的？』他說。

『戰事。』我「任選」了一樣。

他指一指對面的椅子，要我坐下，然後他，幾乎可以這麼說，把整張報紙的內容都告訴了我。我等於聽了整整五十分鐘的新聞報導。

友誼就是這麼建立起來的。那相當「無情」的環境也改變了。我們的關係是和諧的：他說報紙，我聽報紙。他本來是孤孤單單一個人，所以他「不喜歡」孩子。現在他有「孩子」了，就不再喜歡「孤單」。

快樂人生需要種種條件，但是絕對不能缺少和諧的人際關係。我們似乎已經達到一個結論：不要對任何人起惡意，應該對所有的人懷善心。這是林肯說的。

國家圖書館出版品預行編目資料

和諧人生 / 林良著. -- 二版. -- 台北市 : 麥田出版 : 家庭傳媒城邦分公司發行, 2015.05
面； 公分. -- (林良作品集 ; 2)

ISBN 978-986-344-152-6(平裝)

855 103014206

林良作品集 02

和諧人生 經典紀念珍藏版

作 者 林 良
責任編輯 賴雯琪
校 對 吳淑芳

國際版權 吳玲緯
行 銷 陳麗雯 蘇莞婷
業 務 李再星 陳玫潾 陳美燕 杻幸君
副總編輯 林秀梅
副總經理 陳瀅如
編輯總監 劉麗真
總 經 理 陳逸瑛
發 行 人 涂玉雲

出 版 麥田出版
城邦文化事業股份有限公司
104台北市中山區民生東路二段141號5樓
電話：（886）2-2500-7696 傳真：（886）2-2500-1966、2500-1967
E-mail：bwps.service@cite.com.tw
發 行 英屬蓋曼群島商家庭傳媒股份有限公司城邦分公司
104台北市中山區民生東路二段141號2樓
書虫客服服務專線：(886)2-2500-7718；2500-7719
24小時傳真服務：(886)2-2500-1990；2500-1991
服務時間：週一至週五09:30-12:00；13:30-17:00
郵撥帳號：19863813 戶名：書虫股份有限公司
讀者服務信箱E-mail：service@readingclub.com.tw
歡迎光臨城邦讀書花園 網址：www.cite.com.tw
麥田部落格：http://www.ryefield.com.tw

香港發行所 城邦（香港）出版集團有限公司
香港灣仔駱克道193號東超商業中心1樓
電話：(852)2508-6231 傳真：(852)2578-9337
E-mail：hkcite@biznetvigator.com

馬新發行所 城邦(馬新)出版集團【Cite(M)Sdn. Bhd】
41, Jalan Radin Anum, Bandar Baru Sri Petaling,
57000 Kuala Lumpur, Malaysia.
電話：(603)9057-8822 傳真：(603)9057-6622
E-mail:cite@cite.com.my

封面繪圖、設計 薛慧瑩
電腦排版 宸遠彩藝有限公司
印 刷 一展彩色製版有限公司

初版一刷 1997年4月1月
二版一刷 2015年5月1月

定價／280元

ISBN：978-986-344-152-6

城邦讀書花園
www.cite.com.tw